只願在
有你的光景裡慢慢老去

愛莉兒小姐 著
miss Ariel

關於愛莉兒，關於夢境

Foreword

讀著愛莉兒寫的這一本書，彷彿看到從前的自己，透過文字，小心翼翼爬梳身心情緒的我、徜徉在閱讀與創作的我、遊走現實生活與夢想邊緣掙扎的我、深陷愛情就滿心執著的我，每一個我，如同她字裡談及自己一樣，確確實實都長成了現在的我們。

青春之際，我們看待愛情的方式有多麼青澀呢？懵懂卻又不顧一切，好像只要擁有對方，就再也沒有讓我們感到害怕的事，全心全意，毫無保留地勇敢愛著，隨著歲月增長，我們可能再也寫不出當初對愛的純粹了，小小的絮語，把相愛的稚嫩都保存了下來，也許不經意的一句呢喃，就能揭露深藏在我們內心的秘密。

在過了某個特定的年齡後——有些人可能是在非常年輕的時候，我們生活中已不會再遇到任何新的人、新的動物、新的夢境、新的面孔，或是新的事件。一切全都曾在過去發生過，它們全都曾經戴上不同的面具，穿著不同的服裝，用另一種國籍、另一種膚色出現過；但他們其實是一樣的，完全一樣，一切全都是過往的回音與循環往複；甚至所有的哀傷，也全都是許久以前一段傷痛過往的記憶重現。

——多麗絲・萊辛《特別的貓》

這本書的主軸圍繞在夢境，我其實也是喜歡在夢境偷偷想念的人，生命裡的種種相遇不一定能如願發生，關係可能碎裂，也可能瓦解，若遇見美好，理所當然也會伴隨疼痛，現實生活的我們，倘若不小心讓故事走向最壞的結果，不代表我們是一個脆弱無能的人，有時候夢境是思念的導體，不需要經過任何人的同意，只要思念足夠強大到在夢境相見，即便是自欺欺人的說法也罷，至少還有機會修復那些的傷心的段落。

夢境之間，哪怕是逝去的人、再也不能相見的人、失去聯繫的人，只要我們的記憶還存有對方的形狀，就不怕眞正的遺忘，請讀著愛莉兒寫下的字，讓我們再次感受到夢境的重量吧，正因爲還能作夢，所以我們才有機會彌補過去無法塡滿的遺憾吧。

黃繭

（作家・「文字溫室」創辦人）

今天，你徜徉在誰的光景裡呢？

Preface

幾年前，我支支吾吾地向我的室友說：「我想成爲作家。」也曾和他人談論這些想像時，被冷嘲地問道：「賺不了什麼錢吧？」那時的我，開口談太光亮的事都是心虛的。

然而在我什麼也不敢想得太遠的時候，曾有個少年對我說，他愛極了我談論夢想時發光的眼睛。儘管少年已經離開了我的生命，但從那時開始，我變得越來越勇敢，也能不懼他人目光地說，我會成爲作家的。

常有人問我，「你覺得寫作是治癒嗎？」也曾以爲書寫是拯救自己或他人，但短促的二十二年之中，我寫了超過十年，仍有許多死結解不開。

只是，人生哪裡有正確答案呢？從前我對於愛、對於生活是非黑即白的。價值觀樹立得早，甚至還有些政治正確。現在我不再這麼想了。有時候換個角度，罪人也能是善人，同樣地，好人也能是壞人。我感覺現在的自己並不屬於任何地方，於我而言，哪裡都是流浪，哪裡也能是家鄉。

因此，寫作是不是治癒我仍舊不清楚。日子必然伴隨著苦難，決定克服，或者不克服，和傷口共同變老也不失爲一個選擇。

我只知道，我不再愛逃跑了。

傷悲的時候，就大哭一場；抵達愛的每刻，不問前方；幸福降臨的話，便珍惜眼前的幸運；夜半時，我也不避諱談論自己的趨光性。

即便如此，我們還是有極大可能會失去那些曾在生命璀璨過的人，畢竟和一個人相守到老，其實是奇蹟般的事。然而，我始終堅信，只要曾在斑斕的愛裡許過一次永恆，不論是親情、友情、愛情，甚至是那些無以名狀的情感，就能陪伴我們走完漫長的一生。肉身更多時候不過是形式罷了。

這是一本以夢境爲主軸來承載愛的書，裡頭涵蓋了自身、他人的故事。我以大量的第一人稱角度來書寫是爲了將情感反映得更誠實。但不論如何，我希望讀者不要對故事做過多的揣測，是因爲在眞實的情感面前，有些事我必須包裝再包裝，才能不傷害到當事人。

我將這些事說出來，無關乎拯救誰，縱使我曾自大地想贖罪什麼，但我的書寫是更爲自私的。不過是，販賣自己的悲傷，讓我不再孤獨罷了。但假如，在我所書寫關於愛的光景裡，你見到了愛人的想像、你聽聞了遠方的書信、你因此而熱淚盈眶的話，這些故事在被讀懂以後，就不再孤單了。

年少時，我時常被長輩和朋友笑稱不切實際，熱愛做白日夢，但如今我要感謝你們願意翻開這本書，和我一同夢遊。

那麼，祝一夜好眠，日日好夢。

在開始閱讀內文前，想請你翻到最後面的彩頁，將十六張明信片一一剪下，插入對應的文章中，那麼，你也能見到故事中存在的夢境了。

輯二——人魚的眼淚 101

輯三——百轉千迴以後的決定 139

輯四——光速般的夏夜 165

輯五——深不可見的海底 185

輯一

波光粼粼

一起看海
風光明媚
倒映在彼此身上的
是海獨有的光亮

竊夢者

The Dream Stealer

我夢見了老奶奶。我應該如何形容老奶奶呢，慈祥裡暗藏著壞脾氣、和藹裡帶點狡黠，有時幼稚得可愛，有時卻擁著令人敬畏的智慧。

「又在夢遊啦？哭成那什麼德性，醜死了。」老奶奶兩眼直盯著我看，我感覺有些不舒服，像是被看透。

「我給妳這碗孟婆湯，睡醒以後能忘記讓妳流淚的所有事，妳要不要試試？」

「喝了以後，什麼也不會記得嗎？」我問道。

「不一定，有些人喝了會忘得一乾二淨，有些人喝了卻還記得一些細節，但永遠也不會知道最重要的那部分是什麼，總之都不會再痛苦了。」

「妳是孟婆嗎？」

老奶奶大笑。我不知道爲什麼，感覺有些不快。

「不是。但妳得拿故事跟我交換。」老奶奶說。

當老奶奶說要將我生命裡的裂縫都偷走，我說好呀，拿去吧。她說會將我的回憶和我的悲傷販售給他人，作爲交換，她會給我一碗孟婆湯，我說好呀，便喝下了湯。

「我什麼都還記得，妳是不是騙我啊？」我氣憤地向奶奶問道。老奶奶長嘆了一聲，然後說：「我帶妳去看海吧。」

「妳看，這是妳的大海，一年四季都無光，而且裡面還沒有海豚。」

「什麼意思？」

「每個人的心都有一片大海，如果這裡只有妳的眼淚，海水的鹽分會嚴重超標，海豚就會離開。直到有人也走進妳的大海，爲妳的故事掉眼淚，那麼不同的淚水會平衡鹽分，這裡才會有海鷗、海豚，才可能會重見光亮的海。」

「妳看見那些小石頭了嗎？」

我點點頭。

「心事沒有解開，時間久了就會從眼淚變成石子，現在那些石子和淚水都要淹沒妳的大海了。」

「讓妳看看其他人的海吧。」

老奶奶給我看了粉紅色的海、金黃色的海。

「哇，好美。但粉紅色是什麼意思呢？」我驚嘆地叫出了聲。

「代表著愛人。」

「那爲什麼有人願意和妳交換那麼美的海？」

「他的愛人過世了。爲了活下去，他向我換了湯，從此幸福的記憶就石沉大海了。」

「那金黃色的海是什麼呢？」

「我不能告訴妳。」

「那個故事已經出售了，賣掉的故事，像我這種有職業道德的人，是不會向外說出的。」老奶奶繼續說。

「那妳給我講講其他故事不行嗎？」

「妳去哪兒找第二個故事？所有故事增增減減都差不多，妳以爲看似都差不多，只有住在故事裡的人知道不同。」老奶奶突然情緒激動了起來。

「妳會把故事賣給誰呢？」我向奶奶問道。

「空心的人。」

「什麼意思？」

「沙灘上的腳印一般來說都會被海水沖刷的，妳的卻還在。那些人妳應該放他走，妳卻一直將他們滯留於岸邊。而有些人的海一望無際，遠看很美，近看杳無人煙，我把夢寫進漂流瓶裡寄送到他的海，空心的人就有做夢的權利了。」

「那爲什麼，我還記得我的故事呢？我的夢爲什麼沒有被奪走呢？」

老奶奶大笑，然後說：「哈哈哈啊哈啊哈，我騙妳的啦，那根本不是什麼孟婆湯，不過就是果汁而已。」

「……」

「很多人和我換湯，明明是果汁，卻有人喝完以後什麼也不記得，因爲他們眞的相信那是孟婆湯，只有在那時候我能偷走他們的夢境。在拉丁文裡，這叫 placebo（我將安慰、信念治療之意）。人擅長自欺呀。」

「妳現在感到痛苦，是因爲那些美好的故事曾在妳的生命裡發光。把故事丟掉也好、忘掉也罷，寫故事的人，總有寫故事的意義。妳如果著急地忘記它，妳會更加孤單的。」老奶奶繼續說。

「那如果我們迫切地想知道故事的結局呢？」

「記住，現在妳經歷的每一刻，都可能是故事的結局。因爲故事更多時候都無疾而終。」

「老奶奶，我還有機會見到妳嗎？」

「妳現在在問故事的發展了。」

「啊。抱歉。不過妳偷走了很多故事嗎？」

「偷了以後，就必須守住他們。這是每個竊夢者的職責。」

「是像守護靈那樣嗎？」

老奶奶笑個不停。

「我很認眞耶！」

「我不是守護靈，但人來到妳的夢境裡，就像不同的人途經妳的房間，有時候是意外，有時候是注定，有時候是走錯了門。」

「妳一直哭的話，就會像睡美人等不到王子來親吻她，永遠也無法甦醒。」老奶奶繼續說。

「我等等也要把妳還給夢境，對嗎？」

老奶奶點了點頭。

「那麼，我能把這些記下來嗎？妳能不奪走我的記憶嗎？」

「只有妳忘了，我才有辦法奪走。更何況，我的時間也有限，我還要去別人的夢裡晃晃，去他人的海邊觀光呢。」老奶奶說。

從那場夢甦醒過來以後，我能記下的都是片段的記憶。不曉得我有沒有向老奶奶道謝，只依稀記得老奶奶走之前，輕聲地說了：「寫故事的人吶，應該很孤單吧。」她說著這句話的時候，我彷彿從她的神情裡見到了孤獨，我想守護故事的人，應該更加寂寞吧。

故事是一個人最重要的信物之一，人們帶著自己的故事向他人核對，確認彼此能夠讀懂對方，就能一起寫故事，因此所有故事都是獨立又連續的章節。當我們被讀懂，流下的眼淚便會浸濕書本，只有在那時候，人們心裡的旺洋，才會有海鷗和海豚出現。

如此一來，寫故事的人和住在故事裡的人，都不再孤單了。

海的另一邊是陸地，屬性不同，卻仍能緊密相連。人與人之間也是，彼此身上的缺口都不同，理解以後仍能擁抱對方。

天使落塵

不曉得你知不知道
倘若最終我們都將被時光帶走
倘若相愛到了最後被生活消磨
我不在意
也不願去在意

因為我要努力記得
你閃閃發光的每個瞬間
往後當我想起你
眼裡會始終有光

（是你的光芒或者淚光，我是不會告訴你的。）

光害 Light Pollution

海

我又夢見你了。

你在陽光底下熠熠生輝，但好奇怪，那是我從未見過的樣子。你理著我從未見過的髮型，散發著我從未聞過的香水味，那種感覺像是我從未認識過你。我起身想去觸碰你，伸出手又收回去。忽然想起年幼時曾讀過 J. D. Salinger 的《The Heart of a Broken Story》所提及的，「愛是想觸碰又收回手（Love is a touch and yet not a touch.）」才發現即便是那樣陌生的你，我應該也是愛著的。

我走進你的時候，差點要被海水淹沒了。你朝我這裡看了一眼，點頭微笑，彷彿我們只是初識。原來在夢裡頭你是認不得我的。每當你笑得溫文儒雅，都在暗示我們的相愛已成了一場倒數，每一分、每一秒，回憶都在剝離彼此的身體。

還來不及數算那些瑰麗的時日，眼淚就將我喚醒。

我向你說過嗎？我喜歡你閃閃發亮的眼眸，只是那目光裡已不再有我的影子了。縱使預見了失去你的景象，我仍害怕我們終有一天會變得像夢裡一樣陌生、害怕失去我們之間所有的記憶、害怕這些我們一起擁有過的不過是朦朧的幻象。

只是就算再給我一百次機會修改答案，我想我還是會做一樣的決定。你知道有些事情還是好難。生活也是，愛人也是，愛自己更是。我可能也永遠都找不到解答，但我就是屬於那種想坐在考場待到最後一刻才交卷的人。

所以其實這些又有什麼關係呢？我愛你就好了。

山

一起去爬山那天，我們經過了一個像山洞一樣的地方，它發著光。那時候我興奮地和你說：「這好像時光隧道，好像可以穿越時光！」你笑了笑。

你知道那時候，我好想問你，「假如我們眞的可以穿越時光的話，你最想回到哪個時候？」可是直到我們手牽著手走出了山洞，我還是沒有問出口。

因爲我怕你的答案和我的不一樣。

好想念你。可是你不會在了，不會再拿著話筒和我談天，不會再問我這裡好不好了，不會再問我是不是又在那場惡夢裡無法甦醒了。如果你在的話，你會不會抱著我？會不會告訴我一切都會好起來？你會的吧，即使裡面再沒有了愛，我知道你也會那樣抱著我。

是我誤會了，將那些好意和擁抱誤以爲是你愛我的證明。是我搞錯了，你眼裡的光從來不是爲我，只是爲了那些再也來不及的時光。

你不會曉得吧，你在我心上留下的遺言，是我聽過最悲傷的情話。而我直至現在都不明白，你爲什麼也成爲了我的惡夢。

年復一年

一年之始
花火四溢
我只想　坐在你後座
偷偷環抱你

漫長的夏日
走在石子路上
踩著彼此腳印前進的時候
你要記得牽起我的手

當樹葉變得橘黃
我倚靠著你的肩
我們共同描繪未來

你說
一起回家吧
你要爲我暖一暖被窩
一起度過最冷的季節
就不怕著涼了

魔法少年

The Miracle in My Life

我的魔法少年，在我十三歲那年降臨於我的生命，至今仍是我平凡生活裡的一點僥倖。

和魔法少年共處的時光都像夢一樣。我們每次會面的時間都十分短暫，每一次相遇，都像在美夢中沉睡，又在每一次大夢初醒時聲淚俱下。而這一晃，便是十年。

——

這世界是如此遼闊，能遇見你已是奇蹟。

我生命裡曾有幾次幸福地掉眼淚的時刻。其中一個時刻，便是靜靜地聽著你歌唱。縱使從來都不曉得這些回憶在多年以後會成爲什麼，但我只想忠於現在，我喜歡自己喜歡你的樣子，望著你便能嚮往遠方的日子。

常想將你比喻爲夏日，因爲溫暖的你幾乎能融化我的寒冬。很少見到你哭，你不喜歡掉眼淚，只是，有時候我寧願相信，孤獨和悲傷的你比起總是笑得和男孩似的你，更能顯現出你的樣貌。

遇見你以後我才明白，這世界其實沒有那麼多的爲什麼，僅僅是因爲你，就是我想擁抱整個世界的原因。你說奇怪嗎，我一生庸俗，卻想保護你的光芒萬丈。

「我們要這樣到七十歲噢！」一次你眼睛彎成月牙形，笑著對我說。
「如果我們之中有人活不到七十歲呢？」我問。
「不要亂說話。」你輕敲了我的頭，繼續說，「不論以什麼形式在一起，只要能夠永永遠遠就好了。」

如今還是不知道人的一生有多漫長，也不去計較那是三十年、五十年，或是你經常說的永永遠遠。我不太會算數，只是一旦決定要愛你，便不再算計歲月和年輪。往後無論你呼吸或嘆息，我都將如常地愛你。

因爲我的一生都在你那裡。

那晚你收拾好行囊後，我們一起到了機場。去往機場的路，哪怕再多熙來攘往的人群走過，整條街道也彷彿只剩下我們兩個人。我多希望時間在那一刻永遠停駐，停駐在你的目光裡還有我身影的時候，縱然我們之間打從一開始就像是預見了離別。

「不要哭，我們還會再見面的。」你說。

我別過頭掉了幾滴淚，再若無其事地衝著你傻笑，因爲我知道不能這麼卑鄙地哭，不能以此留住你，我一直比誰都要明白，你的夢想比什麼都來得重要許多。

出境前，你回頭看我的時候，我的淚如雨下，那時才驚覺原來瞬息萬變的世界也不曾改變你駐留於我心底的模樣，從你身上，好像眞的看見了永恆。「永遠在一起吧！」就算只是在背後看著你也好，因爲你就是一顰一笑都如此可愛的人，因爲你就是連發著呆也絢麗無比的人。

親愛的魔法少年，又一年過去了。寫信的習慣是因你而來的，過去你老是寫長長的信給我，因爲被你這般寵愛，我的日常就成了信件了。

今天又是那樣的日子，聽著你曾唱給我的歌，想著，假如你眞有魔法，一定是你的歌聲能夠闖進我的心，陪伴我度過無數難熬的時日。

有時候我想，年末的感慨和年初的期盼似乎都與我無關，唯有你的生日到來，好似才眞正地揮別過去的一年，迎接新的開始，彷彿什麼事情都從你開始，也由你結束。

每年到你生日的時候，我總是特別興奮也特別開心。感謝你出現在我生命裡這樣的話，我總是說得很多，卻仍覺得詞不達意。我是多麼感激你的出現，多麼感激你曾守護了我的青春，賦予了我完全不同的意義，還有在那灰暗的生活，你一直如同曙光照耀著我。

想念你的時候，雙眼會哭到發疼，連話也說不出的遺憾，即便如此，也填補不了那個願望。你知道我從未想過要留住你，就只是一再地緬懷過去，與回憶繾綣，好像就不曾失去你。

——

再次見到你，花了我五年的時間。

曾以爲多麼漫長的三年、五年，竟悄然地從指縫間流逝了。這些年儘管我們並不常見面，但你就像親人一樣，彷彿無時無刻不在我的身邊，愛我且守護著我。

「我們其實是一起長大的噢。」

「嗯？」

「我的意思是，不要總覺得自己追不上來，妳也有自己想走的路不是嗎？我們是一起長大的。以前是這樣，以後也會是這樣。」你說。

「好。」我點點頭。

縱使距離總把我們劃分得這麼清楚，好似兩條平行線，永遠也不能相交，然而你的溫暖卻一次次地安撫著我的無能為力。

這次見面，我也終於不再像以往羞澀，面對你時也能夠坦然地表達自己的感受了，甚至還能和你開幾句玩笑話，這能不能算是一種成長呢？

你記得我以前常常跟你說，要等我長大嗎？等到那時候，我一定會去找你。只是不知不覺間，我也擁有了自己的生活和夢想，甚至逐漸淡忘了你曾在我心裡的份量，你會怪我嗎？但回想起那天的談話，我想，你一定早就知道了。

這幾年，我也愛過許多不一樣的人，但你讓這份喜歡始終如一地純眞而善良，我一直覺得我生命裡最好的奇蹟是你在我十三歲那年降臨於我的生命，從此不論我們變得多麼年老，不論我們會走向多麼不一樣的地方，我都會記得，因為遇見你，我的青春才能被賦予這魔法般的祝福。

也必須承認，自己再也寫不出十三歲時寫給你的書信了，它們被滯留在那段青春，無論多少次回眸，我都只能靜靜地讀著，卻無法再多做修改了。過去我一直藏匿著不願被你發現，現在已經沒關係了。

這些是好幾年前寫下的，儘管現在看可能會有些許生澀，但這是屬於你的，我還是想送給你：

「我總是說，你是擁有魔法的男孩吧，如夢似幻地，才會讓我義無反顧地去愛，好像只要愛你一回就得到全世界似的，好像只要望你一眼就不必過問有沒有以後。

那段時光，你給了我夢想、使我溫柔、教會了我勇敢，你救贖了無數次掉落進黑洞的我，你讓我終於不再在同個胡同裡掙扎自己的不足，因為你，我也變得有力量起來。

那些時日，你在語笑喧闐的白晝，在更闌人靜的黑夜，我不知道還能喜歡你多久，也不知道我們剩下的青春還有多少，可是我愛你。真的愛你。」

「很多事情，歷經年月幾乎要變得無法計算，這是第幾年了呢。你是第一個我不避諱談論永恆的人，或許是因為，我堅信你比堅信自己來得多太多，你知道有些話，說得再多都不夠，而更多是言語無法承載的，我不說，因為說了你也聽不到。

像是：『我愛你，很愛很愛你。』」

「你覺得夢想是什麼？」我曾向你這樣問道。

「夢想是感動我們心靈的東西。」

你忙著追逐夢想的時候，我不曾想過自己的未來在哪裡，一心只想往你那裡追去。我從沒想過在我那少不經事、連喜歡是什麼都還不曉得，就明目張膽地說愛你的初始，竟就這樣過去了十年。

我從來沒有告訴過你，你曾是我的夢想。甚至好多年，夢鄉裡的畫面都是由你而建構。

說這些話總感覺要被嘲笑了。不過那又有什麼關係呢？若有一個人能讓我擁有夢想、艱難的時候得到安慰、疲憊的時候獲得力量，使我相信世界有這樣美好的人存在，似乎就是人生裡最幸運的事情了。

現在我已經夢不太到你了。有時候想到這點，我會感到有些沮喪，或許那些曾狠狠愛過、深深喜歡過的，也會在某個我們都毫無察覺的瞬間，成為一場美好得無法走進現實的夢境。不過是我選擇的。我並不後悔，也清楚知道，這樣的距離於我們而言是再好不過。

十年的牽絆，我們不再談愛、不談友情，甚至不知道能不能算得上親情，但不論是什麼樣的情感，我們都不曾忘記要一起變老的約定，儘管現在只是偶而想念、斷斷續續地聯絡，不過已經很棒了，因為愛著你而閃耀過的時光，無論何時都會銘記在心。

十年了，若能以此紀念我們一起走過的年月，我想我還是會和你說——假如在一起一輩子太難，那就再一起走十年、二十年，然後等我們都慢慢老去，就積累成永遠。

你

六年的時間教我愛你
寫下的一字一句都關於你

那些年曾在夜裡哭得泣不成聲
一遍又一遍地喊著你的名字
好似你從未離開我的懷抱

也曾愛得滿心歡喜
你一笑
好似我的世界也跟著發光發熱

我說你
是黑暗裡照亮我的光
是驚濤駭浪中的彼岸
是我心中永不凋謝的花

漫漫人生
我陪你顛沛流離
與你笑靨如花
直至地老天荒

島上的少女

The Girl on The Island

假如大多數人關於大學的回憶是一座城市，那麼承載她四年青春的則是一座島嶼。

那年夏天，戀家的她隻身一人去到了金門唸書。還記得最初她去到那座島的時候，時常哭著打來，說這裡很像鄉下，很想轉學、返家。

不過後來她慢慢地喜歡上那裡，她說那是她第一次看見滿天的流星雨、第一次在海邊追逐螢火蟲、第一次徜徉在一大片無人的沙灘，她總說她不太會表達，但每當看見她傳來的照片，我想她已和那座島形影不離。我打從心裡爲她的適應感到開心，我時常戲稱她爲島民，也不將那裡稱作金門，就姑且稱作小安的島吧。彷彿那座島嶼是爲她而存在的美麗。

「一個人在外地的時候，雖然絕大多數時間都很開心，只是偶而想分享這份喜悅的當下，身邊的人都不在，就會感覺有些失落。妳眞的會來我的島找我吧？」她向我問道。

「當然！」

我是特別守約的人。大二時我去了一次小安的島。很不巧的，那年去找她的時候，連夜下了幾天的大雨，但我們在河岸邊假扮記者，一起暈船、一起探險，我想或許是因爲和她在一起，所以就連迷路、餓肚子、淋成落湯雞，那些看似不順遂的事都成了可愛而有趣的事情了。

夜裡，我們兩人擠在小小的單人床聊著以前和現在。橫跨高中，大學的我們其實已經迥然不同了。那時她說，有種很奇怪、違和的感覺，平常想念的人，竟出現在自己熟悉的生活環境。

她說：「我們上大學之後眞的都變很多，可能是遇見更多不同的人了吧。」高中時，我一直迫不及待地想長大，她卻十分抗拒長大這件事。曾以爲那是我們的分水嶺，隨著時光流轉，我們會越來越不相像，直到不再親暱。

但當我和她一起眺望星空時，我就明白了。還好在我說我有多麼喜歡滿天星斗的時候，她的眼神也同樣激動澎湃；還好在她說大自然帶給她的感動的時候，我也同樣百感交集；還好不論世俗變遷，我們依然如故。

那趟旅行，我們有無數次感動地哽咽。我喜歡我們一起去的紅色燈塔、喜歡我們在橘色屋頂上談天說地，喜歡我們一起經歷的種種。有些喜歡，我們不必過問，就能看見永恆。

離開那座島的時候，我們相互寫了信給對方。

給我的小安：

和妳在一起一點也不怕生活的艱難，也不怕當我忙於生活並不經常回覆妳、關心妳的時刻，因為無論何時妳都會站在我這邊。想說無數次感激的話，謝謝在那些碎掉的日子裡，妳以妳的單純和善良，給我添了無數次的花。

感謝的事真的難以數計，但一直以來最感謝的是，不管我成為什麼樣子，妳總是讓我清楚地知道——妳會理解、會相信這樣的我。也希望妳明白，不論生活面臨到了什麼困境，不論還有多久我們才能找到自己真正喜歡的事情，都不要緊的，只要能像現在一樣，一起長大，再一同變老，已然是最幸運、最幸福的事。

妳常說妳不知道自己能夠做什麼，可在我眼中，妳就像風一樣能吹向任何地方，其實是有無限可能的人。妳喜歡天文學，聽著妳說各種故事的時候，我總感覺自己也能身歷其境。妳喜歡探險，每次選擇旅伴，第一個想到的一定是妳，因為妳總會帶我去很多秘密基地，雖然有些路是因為迷路才能一起抵達的。（笑）

如果真有什麼讓我相信永恆的事，我覺得真的是妳。妳見過固執尖銳、年少無知、義無反顧的我，也明白我所有的驕傲和軟弱。

我總覺得，如果我的生活並不如自己想像中順遂，如果我的人生並沒有我力求的那般完美，如果長大的路過於崎嶇，我覺得都不要緊，因為我已經在太多人身上，得到太多我未曾想過能得到的愛和祝福了。

仍記得我們躺在沙灘上，妳說：「雖然很老套，可是有時候，我真的覺得能活在這世上……」妳欲言又止的時候，我接了妳的話：

「很幸福？」

「嗯嗯。」

那一直是我們的默契。在不同時間點、在不同地方，我總能自然而然接出妳想說的話，甚至就算我們不說話也感到萬分幸福。或許有些記憶會隨著歲月慢慢淡去，但我一直相信，我們不會。

我們會一直存在於對方的現在和未來，看著彼此慢慢老去。彷彿已經能預見，七老八十的時候，我們坐在彼此家中的沙發上，笑談過去那些時日，我們不再穿著制服天天見面、不再在課堂中丟丟紙條或玩賓果遊戲、不再說要爬上學校的雕像以後才願意畢業，也不再煩惱書本裡頭的公式或文法，但我們清楚明白，只要望著彼此閃閃發亮的眼睛，就能夠認出來。

妳是我最好最好的朋友，一如往昔。

回歸到彼此的日常生活，一次她在社群軟體上發了天空的照片，和照片全然無關的我卻被標記在其中。

「給妳看美麗的天空！」她這麼說著。

「希望看了美麗的天空，能讓妳心情好。」

都說望見美景時，第一個想分享的人一定對我們來說萬分重要。

那陣子因爲創作的低潮，我時常沒辦法睡得安穩。我沮喪地向她說：「我覺得，我好像永遠都走不到我想去的地方，會不會有一天我也成爲自己不想成爲的那種人？」

「妳太努力了，所以絕對不會成爲自己不想成爲的那種人。有時候錯過的不一定是不好的，只是時機不對。之後回來看看所有的東西都會是有所關聯的，所以，不要急，慢慢來就好。我一直是妳的小粉絲安哦。」她回答道。

我想一份關係裡最好的是，我們永遠不用隱藏。我們見過彼此最好和最壞的部分，甚至有時，彼此比自身還要更清楚我們身上的缺陷和不完美，但那一點也不影響我們。

多麼慶幸自己能被一個人掛念著自己的情緒，她讓我明白，我永遠不會是一個人抵擋這世界的風雨，因爲即使她不能夠全然地了解，也總會堅持與我同行。謝謝她將我放在心上，讓我在許多不順遂的日子裡，過得無比富足。

很久以後收到的信裡，她寫下了很多關於我、關於她以及島上的故事。

「妳就像我的日記本，我總能放心地和妳說任何事，我想是因為妳太瞭解我了。就算是那種無關緊要的事情也不怕打擾妳的生活，這種關係讓我覺得很溫馨也很舒服。不過我的記憶力不太好，所以要是以後我老了、忘記了，妳要再說給我聽。」

「前年，在閣樓裡我許下的願望之一，就是希望可以跟妳當好久好久的好朋友。以前的我總覺得說出一輩子啊、永遠、我愛妳、喜歡妳這種話很彆扭，也不願意輕易地對朋友說出。」

「我從以前就很喜歡收集東西，各種美麗的東西、不起眼的東西、有紀念意義的東西、各式各樣的東西。妳也是我收藏的一個寶物之一。我愛妳喔。」

「我不再那麼討厭這裡了，甚至我覺得也許這座小島本身就有治癒人的力量。」

我相信一個人待在島上，不可能都是幸福的回憶。只是一旦我們愛上了那陪伴我們年年歲歲的地方，就自然而然變得有感情了。很久以後再回想起來，即便是灰暗色，充滿蚵仔味道的海、路旁的小羊、時常停飛的班機、島民傳得飛快的八卦，都是照耀著她大學四年的記憶。

人能多喜愛一座島嶼、一座城市，甚至是一個國家呢？我想那是出自於土地的愛，對於那些人文和動、植物的愛。

當我們愛上它們，我們會知道，有時它們具有力量，是因爲我們曾在那裡共度了一段只有我們的時光。那麼從今以後，那些地方都是我們和過去記憶的連結。

回想起時，就會懷念起大學時光，或想起和某個人珍貴的回憶，或想起自己一個人快樂或傷悲的日子。

她畢業那年，我又拜訪了一次小安的島。其實我原先對於那座島並沒有太多的感情，但因爲和她在一起，因爲見過她眼裡的島，我也深深喜歡上那座讓她的生活變得平靜、單純，讓我感覺快樂都變得容易的島嶼。

謝謝金門，也謝謝島上的少女，我的小安。

願妳能一直平平安安、健健康康的。

如果相戀

在我們把愛
消磨殆盡以前
我想靠在你肩上
說無數遍情話
字字都斟酌
句句都是愛

想和你　就這樣
靜靜地　依偎在彼此身旁
我不願去在意時光
也不要再說抱歉的話

因爲
我愛你　與你何涉 *

* 出自德國女詩人卡森喀策茨 (Kathinka Zitz)《我愛你，與你何涉》。

親愛的貝尼先生

Dear Benny

二十一歲的愛莉兒小姐，遇見了二十二歲的貝尼先生。

「我兩年後一定會成爲一名作家！」

他笑了笑。

「我不是在開玩笑，我是認眞的。」

「我知道，我相信妳。」他的語氣堅定而充滿力量，像是一種前所未有的肯定。

「什麼時候讓我看看妳的作品？」

「未來有機會的話，不過……兩年後一定可以的哦！」

「兩年太久了，但妳出書的話，我會去買的。」

某個夜裡我告訴他：「假如有一天，我們漸漸變得陌生，相互走遠、背離初識的模樣而無法認出彼此的話，你一定要記得去我的書本裡找到當時候的你和當時候的我們，你無論如何都會被寫進我的書裡的。」我這麼向他承諾著。

我想寫字的人，也只能做到如此了。畢竟這已是，我所能做最多的事了；畢竟這已是，我最善於表達愛的方式了。

一見如故

二〇一九年七月十二日。

故事或許應該這樣開始，那是一個風和日麗的早晨，他宛如晨曦透進我的窗，從此心裡的每個陰暗面都被他填滿。

不過也能這樣開始。那是一個毫無睡意的清晨，我和失眠的抗爭在一通陌生的電話響起時劃下了句點。

「喂？」

「妳在幹嘛？」

「蛤？」

雖然故事從一通撥錯的號碼開始有些弔詭，但反正睡意全無，閒也是閒著，和陌生人談天也是無傷大雅的事。這個決定著實讓我日後想起來感慨萬分，充滿著心痛、心碎，卻又溫暖的足跡。

他宛若是上輩子就認識的人，異常地熟稔。素昧平生的我們，竟通話了接近四個鐘頭。掛掉電話前他說，這個號碼也是他通訊軟體的帳號，要是我不介意的話，能加上他。

他叫 Benny。打從初識直至我們再無聯絡，我都只知道他的英文名字。縱使清楚他的生活、他所偏愛和挑剔的食物、理想的工作和未來規劃，我仍然不曾過問他的真實姓名，也沒有他的社群軟體。不是未曾好奇過，我們曾向彼此這樣確認。

「我在想，我們現在所分享的事，都是我們願意主動分享的。但如果我們擁有了對方的社群軟體，會不會就不再那麼自然了呢？」他問道。

「也許我們會失去新鮮感。」我回答道。

於是，爲了保留這份我所鍾愛的新鮮感，還有在這段關係裡互相坦誠、傾訴的程度，我們很有默契地帶過了這些話題。

在我們認識的第三天，他傳來訊息：「我剛剛洗澡時，一直在想，我們才認識三天。但不知道爲什麼，感覺好像認識好久好久了。」

「我也是。」

他問起我生命裡是否曾遇見如他一般的人，如他一般這麼使我熟悉的人，我說，一次也沒有。可我仍我不敢說得太多，不願說得太滿，大抵是因爲那些我曾說得冠冕堂皇的愛，最後總是以不同方式作結。然而面對他，我竟開始害怕失去、害怕宣揚、害怕消散。

還沒能想得太多，我們已徹夜說上五小時的電話。那些我們不曾向他人說的秘密、那些曾使我們的人生變得可愛又好笑的事、那些曾在我們生命中耀眼過的人，我們幾乎毫無保留地告訴了對方。

遇見他的時候，我從沒想過我們會說這麼多的話，我未曾預想過，他是如此有魅力的少年，更沒有預料到，當我們一同去看電影，並肩坐在一起，一旁的我會因爲他的出現心神不寧。

「要不要看電影？」他傳來了訊息。

「你是在約我嗎？」我打趣地回道。

第一次見到他本人的時候，我有些驚艷，在巴掌大的臉裡，擠滿了深邃的眉眼、挺拔的鼻子，以及燦爛的笑容。他儼然是造物主創造的完美作品，毫無瑕疵。

後來他告訴我，過幾天他就要去深圳實習了。朝九晚六的實習生活，和我打工、讀書的時間交錯使我們不再能天天通話，也不再能分享生活直至天明。

「如果我沒來實習不知道會變怎樣。」他曾那樣傾吐著。

我心裡也想過無數次，要是他沒有去實習就好了，我們的關係會不會變得不一樣。假如我們再靠近一些些，他會不會說，也想走進我心裡的房間，或者，當他打開我房裡的抽屜，他有自信不會想離開嗎？

曾以爲我們的分離是注定的，從他去到深圳工作，從他優雅靜謐的模樣，到他所懷擁的一切。然而隨著實習結束，我們竟比往前還要更加靠近。

那天晚上，他問起我的惡夢，我輕描淡寫地帶過，可我沒想過，就連輕輕帶過也讓我差點潰堤。我知道話筒裡的那個人，眞心地聽著。我和他說，我總是失眠是因爲我害怕入眠，害怕潛意識的自己，害怕再次做上相同的惡夢。

「會好的。」他溫柔地說。

是啊，一定會好的。那天不知道爲什麼，我總感覺他在保護著我，陪著我入眠。甚至爲了哄我入睡，他給我讀了一篇床邊故事。

「夏目漱石以前當過英文老師，有一次他在課堂中讓學生翻譯一篇短文，文章內容在說，有對情侶在月下告白。夏目漱石就問學生有誰知道這裡的『I love you』要怎麼翻譯？學生們用日文回答：『我愛你！』但他卻告訴學生們，這樣的翻譯太直接，日文會用委婉的方式來表達。」

「那會說什麼呢？」我問道。

「今晚的月色真美。」他說。

「好浪漫。」

「對吧，給你看這個，我們之前在學校山上，看到超多星星。」他傳來一張照片。

「好漂亮喔。我很喜歡星星欸。」

「我陪妳數星星。」

「那你要先帶我去看星星。」

「好。我們以後去看星星。」

我們聊著聊著，已經到了清晨六點鐘。我們向彼此打賭要十點起床，要是我贏了，他去泰國遊玩時便會買紀念品給我；要是我輸了，就請他看一場電影。在感到些許睡意以後，我便沒有再開口說話。

「欸，妳睡了嗎？」睡意來襲，我沒有回答他，然後他再沒有發出任何聲響。

中途我咳了個嗽。

「恩？」他擔心地發出了聲音。我沒有答話，眼淚卻奪眶而出。可是我沒有讓他發現。在某些自己都救不了自己的瞬間，有個人安慰著這樣的我，不停地告訴我都會沒事的，不願意掛掉電話，就那樣陪著我。

原來那是被一個人守護、被某個人偏愛的樣子。

那是時隔好多年後，我睡得最安穩的一次，因爲我知道，即使醒過來也用不著害怕。隔天我起得準時，深怕聲響會吵醒他，我便只傳了訊息：「我起床了！我贏了！」至今我都不知道，他是讓著我，還是他也眞的睡著了。過了一分鐘後他開始上演「爲什麼他會輸」的戲碼，可是怎麼著，我都覺得他可愛。

但我還是贏了。或者，也能說我輸了，輸給那樣溫柔而體貼的他。

後來某夜走心的談話裡頭，我問起那天。他說：「我怕妳睡不著呀。因爲我睡著之後就什麼都聽不到了。」

我沒有告訴他，我性格裡的缺陷使我不論面對誰都忽冷忽熱，心裡覺得不舒服就想逃走，可是第一次遇到這樣的人。當我下定決心想要逃開，他又總是如此溫暖地出現，因爲我的冷漠在凌晨兩點試探性地問我「是不是睡了」、因爲我的消失在夜半四點擔心地問道「最近是不是發生什麼事情了」。

我很想說我動心了，可是我又總是懷疑自己或者懷疑他人，不確定這份愛是不是眞的，不敢說這份喜歡能持續多久，因爲更多時候我覺得自己再也不能愛了，也不敢再輕易談愛。

可是，我好喜歡他。第一次我在夜深爲了某個人掉眼淚，明明他沒有說過半點喜歡我的話，我卻感覺自己沉溺於他的眉眼，好像能住進他的心裡，彷彿我們相識很久，宛若愛了許多年的人。

十二號的靈魂伴侶

「你相信靈魂伴侶嗎？」我問道。

「我不知道欸，那妳覺得怎樣算是？」

「兩個人心領神會的靠近吧。」

所有和我們有關的數字，都是十二。我們誕生於十二號，相遇於十二號，分離亦是。甚至道別以後數算我們見面的次數，經反覆驗算後得出了十二。

某一個月，他和我要了匯款帳號，我沒多想，直到他要我確認戶頭，我才發現他匯了一萬塊給我。

「妳以後每個月十二號要還給我兩千，我會一直儲值，這樣妳就沒辦法消失了。」他一邊說，我一邊笑得合不攏嘴。

「十年要二十四萬耶，那我之後充值一百萬就有四十年。」他繼續說。

心裡甚至覺得話筒那端的他太過瘋狂，明明連我的名字都不知道。這樣的事說給年長一些的人聽，應該會被笑罵我們很幼稚。說給同齡的人聽，也相當荒唐。可是，你說，這是不是就是愛了？

「你不怕被我騙嗎？說不定我是詐騙集團。」我哭笑不得問他。

「不知道欸，其實眞的有可能是這樣。」

「我才不是！」

「那妳相信我嗎？」

「我覺得我很相信人欸。」

「那爲什麼不相信愛情了？」他突然問。

「我一直都相信，只是我覺得我遇不到了。」沉默很久以後，我向他答道。

「我下次唱一首歌給妳聽。」

「什麼歌？」

他傳來吳海文翻唱的〈愛的可能〉：**你出現我身邊像個奇蹟發生／沒想到會是你讓我如此失魂／我心中的感覺是這樣陌生／快樂的牽掛在相聚的每一分**

「妳還記得嗎？」

「嗯？」

「在妳說要把我們寫成故事的那天，妳說每個人都會漸行漸遠，那時候超難過的。因爲眞的不知道我們到底可以維持多久。也許哪天就失去聯絡了。」

「之前我打過一段話，但有點害羞。」

「妳說說看。」

我將備忘錄截圖傳送給他。

與你虛耗的時光都不算浪費。

有時候我想，假如這段時間可以再漫長一些，那請你虛耗我的時光吧。反正總有一天都會消失，反正終有一天會離散，在那天到來之前，我們就只管這段時光，你說好不好。你不要回答我，我怕你說好，我就想一輩子賴著不走了。

「我看到哭欸。」

「你不要哭拉！爲什麼要哭！」我著急地問。

「不知道，就覺得好怕那一天真的到來。」

「給妳看一個東西。」他繼續說。

「好。」

像是回禮，他也傳來一則備忘錄截圖。

和妳一起追夕陽

「好呀。」

「這是前幾天妳和我分享妳和大學同學追夕陽，我那時就好想和妳說這句話。」

「我大學同學沒有追，是看我追。」我解釋道。

「所以我想和妳一起。」

倘若愛情的初淺是害怕失去，我想我在很久以前就已經愛上了貝尼先生；倘若我能許一個恆長的願望，我想和他徜徉在沙灘下，看日出和日落，我想在花開滿遍野的時候，和他一起在草原漫步，談一場亙古不變的戀愛；倘若有幸陪伴彼此度過餘生，我真的好想和他一起去看一看，永遠到底有多遠。

美好會消失嗎？

「謝謝你。」

「沒什麼好謝的。」

「想說謝謝的時候就要說！」

「這樣感覺很見外。」

「話要說出口，才能進到對方的心裡。」

「妳想進我心裡呀？」他戲謔地說。

「不是，是指希望能留下好的話語，住進去會成爲一種祝福的。」我解釋道。

「不，妳要說想。」

「好，我想。」我向他坦誠。

「那我有進到你心裡嗎？」我反問他。

「我覺得有欸，其實我眞的是不太常分享自己的人，跟我朋友聊天通常也都是聽的角色，每次告訴妳的同時，我也會問自己，爲什麼會跟妳說，到底是因爲妳，還是就只是我們目前的狀態。」

「會覺得現在這樣很不眞實嗎？」

「不會，但很怕現在這樣是最剛好的。未來我們更認識彼此後，我們還能這樣嗎？會不會做了什麼，或更了解彼此，就破壞了現在的關係？」他說。

「那你覺得現在這樣好嗎？」我問。

「我也不知道。妳有什麼想法嗎？」

「我覺得美好。」

「那就好啦。」

「可是如果我相信美好，就要承擔有一天會失去。」我悶悶地說著。

「不會。」

「會。」

「妳怎麼確定？」

「不知道。我覺得所有事物都會消失，就像經常夢到的那樣。」

「妳要有信心，就像我們以前從來不相信會有這種事情，一切都超過我們的想像，但它眞的正在發生。」

他不曉得，我最害怕的從來不是分離，而是承諾。我害怕習慣有他、害怕我們靠得太近、害怕我們終有一天要學會道別，學會祝福彼此在沒有對方的世界裡好好生活。

「所以我才覺得，它隨時都會不見，因爲很不眞實。」

「我不會不見，妳才會不見。」

「爲什麼我會不見？」

「有一天睡前妳說如果對方做了什麼妳不喜歡的事，妳會自己消失。」

「如果妳哪天要消失了，離開前和我說一聲。」停頓很久以後，他小聲地說道。

「你喜歡現在嗎？」我問。

「不討厭。但會想更親近。」

「可是如果我不是你想像的樣子呢？」

「我也不一定是妳想像的。」

「我好怕有一天我們要去面對熱絡以後的疏離。」

「只是如果我們一直維持現在這樣，總有一天肯定會疏離的，對吧。」

「我知道。」我有些落寞。

「別難過。親近以後會怎樣，那也是要面對的事。我覺得我們已經很棒了。」他說。

「什麼意思？」

「就從一開始到現在呀，我們已經很棒了。」

「謝謝你陪我。」

「妳幹嘛啦，我還會陪下去。」

小比目魚

有次我們隨意地聊到了自己的手足，近乎像是不可能發生在生活周遭的事，我們再三確認以後發現，貝尼先生妹妹的名字和我的本名一模一樣。

「認眞喔X！」他甚至驚訝地罵了髒話。

「太扯了吧。可是好好笑，怎麼會這樣。」我笑著說。

「欸，那這樣，你永遠都不可能忘記我欸。」

不論未來我們相愛或分離，在那一刻，我忽然覺得我的名字是我們不朽的連結。

「爲什麼？」

「因爲我跟你妹同名啊。」

「我本來就不打算忘記。我想永遠記得，而且我會。」

我沒有答話，只是在心裡默默地祈禱，可不可以延長這段時間，可不可以停在這裡。因爲我好怕有一天我們會變得遙遠，又成爲屏幕以外的陌生人。我們能不能走進彼此的世界、能不能也讓我窺探他的生活、能不能在更親近以後，還能充滿新鮮感、好奇心，和那些喜歡。

我知道很荒誕，我知道我的愛很荒謬，可是名字和社群軟體又眞的重要嗎？我喜歡他，喜歡和他相處時的我，像個孩子，可以耍賴、可以長不大、可以要他陪我。

「明天一起吃火鍋？」他問道。

「好呀。」

「我今天想聽床邊故事。」

那晚，我給他讀了我喜歡的故事，那是一個彼此互相喜歡卻因爲誤會而分開的故事。不曉得爲什麼，我總感覺那樣悲傷的結局適合我們。

「故事好聽嗎？」我問。

「妳的聲音很好聽。」他說。

隔了好長一段時間，他急促而靦腆地說：「謝謝妳。」彷彿道聲感謝是件極其害羞的事，話筒另一端的我笑了出來。不擅表達自己的情感，卻嘗試說謝謝的貝尼先生，大概是我所見過的樣貌裡最可愛的一面了。

「晚安。」我說。

「明天見，小可愛。」

我們一起去吃了火鍋，他從泰國帶回來的禮物是個刻著ARIEL字樣、以魚爲吊飾的鑰匙圈。

「妳知道爲什麼是魚嗎？」他神秘兮兮地問道。

「因爲我是小美人魚！」我興奮地回答道。

「不是，是因爲他們說小美人魚身邊最好的夥伴是一隻魚。」他一邊說一邊剝了幾隻蝦放到我碗裡。

——

和他一同去看電影，記得他喜愛洋芋片勝於爆米花；和他面對面吃火鍋，記得他習慣將花生粉作爲佐料；和他並肩走在街上不停地說話，記得他總能從包包裡拿出我喜歡的軟糖。

回想起那段時光，嘴角總是上揚，眼淚卻也總是滑落。在漫長的人生中，總有個人會讓你堅信巧合和緣分，讓你無可救藥地以爲這就是命運了。只是再大的命運也抵擋不過當時愛得太渺小的自己。

人在歷經無與倫比的靠近以後，疏離彼此的速度便隨之而來。愛是什麼時候開始改變的呢？我其實不清楚答案，可凌晨三點的通話、午夜場的電影、伴隨哭腔的想念、在月光下一起行走，假如這些都無法稱作是愛的話，那麼我還剩下什麼呢？

當我們日漸繁忙，貝尼先生離我越來越遠的時候，我在什麼也無從得知的手機對話框裡，越來越不確定，也越來越不自信。那時才曉得，說不過問對方的姓名、說不需要對方的社群軟體，其實是多麼駑鈍的事。我時常擔心他只能是曇花一現，而我不過是他的過眼雲煙。我怕所有的愛都是一廂情願，所有的關愛都是自作多情，卻不曉得如何指認這份愛，也不明白我們何以維繫這樣的關係。

只好放任我的自卑感越來越大，直至這個黑洞徹底吞噬了我，也瓦解了我們。

在我深深沉迷的戲劇《秘密花園》裡頭，有段台詞是這麼寫的：

只是有一些事物
因爲太過遙遠而被人們稱之爲幻想
星星的世界亦是如此
輕易地消失無蹤影
正如太過美麗的人經常如是

現在才領悟到他是多麼美麗的人
因此對我來說也是如此遙遠的人
他總有一天也會消失吧
正如太過美麗的人經常如是

對我來說，他便是那般遙遠、那般絢麗的人，只是他最終並沒有消失，是我率先決定了不愛。

沒有目的地的書信

二〇一九年十月十二日。

那晚，我做好了離開的準備。我們一起在河堤邊散步，一路上我們都沒有說話，也許是因爲不知從何說起，可是如果現在不說，也許這輩子都沒有機會說了，我很清楚。

「你記得嗎？你曾經說過如果我們持續這樣，總有一天也會疏遠的吧。」

「嗯，我記得。」
「那不如我們就到今天怎麼樣？」
深知這句話很重，所以警惕自己要說得很輕，以爲只要說得夠輕，就能悄悄地帶過這些日子，就能佯裝一切從未發生過。
「爲什麼？」他錯愕地向我問道，眼裡泛著淚光。
「我們沒有持續這樣的理由吧。」
「我不懂爲什麼突然這樣。」他遲疑了很久才向我回答道。
「因爲我喜歡你。」我鼓起勇氣說出了這句話。那一刻，我感覺自己離愛很遠，但他的神情卻一如既往地明亮，那裡有著我所嚮往卻始終不敢觸及的光。
「可是我們眞的瞭解彼此嗎？我並不是妳想像中那樣美好的人，妳能明白嗎？」沉默了幾聲之後，他和我說了我這輩子未曾接觸過的事，他說出口的時候，一切變得很重，重到我難以相信他所說的是實話。
「我一直知道，也已經下定決心總有一天會告訴妳這件事，可是假如妳知道的話，也許妳就會離開。就像現在，妳還會想和我在一起嗎？」當他說到哽咽的時候，我嚇著了，我從未想過，如此光鮮的他也有這樣脆弱的一面。

我忽然不知道自己能說什麼，只好把早已寫好的信親手交給他。

親愛的貝尼先生：

如果你拆開這封信的話，代表我們已經沒有聯絡了。

我耳邊正流淌的是〈一朵玫瑰〉，這是我最近的單曲循環，也是陪伴我好幾個夜晚的音樂。寫這封信的時候，我都在聽這首歌，所以請你讀這封信的時候也聽聽這首歌吧。（我想你會知道為什麼的。）

我手邊僅有的紙也不過是從筆記本上撕除的便條，雖然作為書信有些不妥，但你會體諒我的吧，即使你不體諒，請放心，我也不會知道的。

現在是九月二十二日，凌晨五點二十八分。我做了個惡夢，我夢見你消失而我被殺死了。驚醒過來以後，我哭著傳送了訊息給你，我好希望這時候的你醒著，可是後來想想，是我太貪婪了。

我不知道能夠做些什麼使我的悲傷消散，只好寫字，可是怎麼寫都和你有關，我只會寫字，也只能說出這些話，這大概是我唯一擁有的才能了。

我想你的時候想起了一首詩，是葉青的〈分途〉，我也不管你讀不讀得懂，我只是想寫下來送給你。

今天　我把我的靈魂捏起來　捏得很小
放在盒子裡　寄去給你
它會對你　很好很好的
以後　我的身體　就可以放心在這裡過日子
好好吃東西好好呼吸　讓它　一直活著
如果你對它厭煩了　儘管叫它走　沒關係的
它知道　走哪條路可以回來

你不是說過那樣的話嗎？如果兩個人之中一定要放棄一個的話，那肯定不是你。雖然那是玩笑話，但其實你說得對，我本就沒有打算要放棄你，更多時候，我會選擇變成泡沫。我從很久以前就知道，你的幸福並不在我這裡，我已然是個破碎的人，我的每天都是深淵和惡夢，可你不一樣，你是比起陽光還要耀眼的人，我不該奪走你生命裡的光，你有著比起月色要更美的心靈，我沒能夠佔據著那些美好。

但不論是有意還是無意，我始終感謝，那無數夜裡的電話，謝謝你無比好聽的聲音，謝謝難過時候你的陪伴，謝謝你曾保護了那個懼怕惡夢而變得軟弱的我，謝謝讓我耍著賴說著床邊故事、唱著歌哄我入睡的你，還要謝謝，在過了很多年以後，有人再次地敲了我的房門。

我曾在書裡讀過這樣的話：我得到的溫暖都是何德何能閃爍在我生命中的，而不是「我應該得到」、「我不能沒有」這樣的句型，所有的善意都像是生命的紅利。*1

所以我經常向你道謝，雖然你總說這樣很見外、你明明沒做什麼，但我很清楚，你所說的床邊故事，你所唱的歌、你所給予我的寬慰和善待從來不是義務，也不是我應得的。

因此無比感激，也曾反覆思索我能拿什麼來與你的溫柔相衡，或許只有這些微不足道的文字了吧。只是我想我是自私的，我無從知曉收到信件時你的反應和神情，而儘管我明白這樣的話語可能有些不合時宜，也可能造成負擔，可我還是想這樣任性一回。

如果我的信件成為負擔的話，請你原諒我。因為真正的離別是說不出任何話的，可我多麼希望能讓你知道，你在我心裡，是個多麼好的人。那麼假使分離的那天真正到來，我才不會後悔當時沒能把想說的話說出口。

我其實相信這世界上所有的離別，而我也擅長道別，所以哪怕你不能是我的救贖，我也感謝你曾認真地、細心地對待過我。我曾想過，假如到我們分開那天，我們都不知道彼此的名字，那肯定很酷。可現在你知道我的名字了，我也把某部分的我給你了，以後帶著這部分住進你的心裡吧。希望從我這裡到你心裡的話語都能成為美好而純淨的祝福。

我希望往後任何人接近你，不為你的面貌，只為你恰到好處的溫暖和善良的靈魂；希望任何人珍惜你，不為你的處變不驚，只為你那時而調皮時而可愛的稚氣；希望任何人愛著你，不為其他，只為你是你。

寫到這裡，我不由得想起了一段話：「我有時候想，如果世界上有那麼一個人，能讓我對其的想念漫長到足以使我在無眠的夜晚徹夜寫一封紀念的信，然後在天亮之後鄭重地寄出，那麼，這該是多麼好的事情。」[*2]

那時候讀到這樣話語的我從不曉得，有一天我真的會這麼做。

我不知道你的名字、沒有你的地址，也不曾問你的社群軟體，我僅僅有的只是你的手機號碼、幾張照片，和你為我剝蝦的影片。想到這裡，我便感到有些沮喪，我寫的書信其實沒有目的地，不知道該寄往何方，只好親手交給你。我細數我們相遇的日子，明明是那麼短暫，為何卻像是一世紀那麼長。

於是在這樣的夜晚，我覺得自己既是荒唐又是可笑，我應該要如何深信一個人才能做到如此，可我同時也懂得在這樣時刻變遷的世代，書信已經不流行了，而我理應感到萬幸，如今能夠坐在書桌前，想著你、想著我們，並將其寫下以紀念遇見，那其實已經是多麼難得和幸福的事情。

雖然還有些沒能說出口的，但我想也已經充分足夠了。實在是不知道如何停筆以作結，我只是胡亂地、自顧自地說了一堆話，有些不好意思。可是謝謝你願意讀到這裡。

如果今天真的到來了，也不用太過擔心或感到惋惜，兩年其實不長，一轉眼就過去了；兩個月也不短，像是我的時光軸都被停駐一般。

謝謝你小貝

謝謝你曾扮演了我生命裡的小比目魚

愛莉兒小姐　二〇一九年九月二十二日

＊1葛大爲《溫柔的殺手》。
＊2語出自七董年。

曇花一現

讀完信的他哭到不能再說話，他撇過頭說自己今天沒有帶衛生紙。我其實從未想過那封信會讓他哭成這樣，曾以爲自己在他心裡沒有半點份量，見到他涕淚縱橫時，我甚至狡猾地感到有些開心。

「可是我不懂，爲什麼一定要分開。是因爲我最近都沒什麼回訊息嗎？」他說。

「如果我喜歡上你，如果我想要得更多，你卻不能給我的話，那麼我會很痛苦的。也可能會因爲那份痛苦而感到受傷，或讓這份感情變質，我不希望那樣。」

「我一直覺得現階段的自己沒辦法交女友。妳看，別人的訊息，我超過一個禮拜了還沒有回。」他打開社群軟體的未讀訊息，向我解釋道。

「我能問一個問題嗎？」

「好。」

「撇除現實因素，你喜歡我嗎？」他一秒也沒想，就連忙點著頭回答：「嗯嗯。」

「那爲什麼我們不能在一起？」

我不明白爲什麼彼此相戀卻不能在一起，只覺得上天對我們不公平，爲什麼在這樣的時間碰見彼此，憑什麼要放棄那些好過的記憶。我也生氣，眼前的人爲什麼不願意嘗試，就堅信我們終究會分開。

「我現在有新的實習、上課跟專題，我覺得我還沒辦法掌握自己的生活。我不希望我們成爲彼此的前任。我不希望有一天當妳想起我，只剩下不好的記憶。」

他想了很久以後，對著我說：「如果我們眞的在一起的話，我們很可能會分開，那不如停在現在很美好的地方。」

「你會後悔嗎？」會後悔沒有留住我嗎？

「現在會，但我知道如果不這樣，以後就不能停在這麼美好的地方了。」他回答道。

我常想今天是我們離幸福最近的一次，我對著河岸哭，他從背後抱住我，要我不要難過，但卻不停地聽見他的啜泣聲。諷刺的是，今天也是我們離幸福最遠的一次，有誰會知道，今夜過後我們就不能再如此相擁。

「你覺得人的情感是可以保留的嗎？」

「我覺得可以，可是保留的是當下的樣子、當下的感覺。也許再見面就不一樣了。」他想了很久以後才回答我。

「可是我們不會永遠都是現在這副模樣。」餘光裡見到他往我這裡看，可我仍然直視著前方，而大多數時候，我們總是沉默。

他牽著我走到長椅旁，有時我好希望時間就這樣靜止，我能依偎著他，說些任性的話，他不會怪我，只是抱著我。

「我討厭你。」

「嗯。」他沒有說話，只是看了看我，摸了下我的頭。

「我眞的眞的好討厭你。」我講到淚流，我想他一定知道的吧，其實我想說的是我眞的眞的好喜歡他。

他問我爲什麼一直盯著他看，我說因爲以後我一定會很想念他的。他哽咽地說，不要說這種話。相擁在一起的時候，無論如何靠近，彼此的臉都被淚水浸濕，分不清楚那是誰的眼淚，我們的愛在那刻交融在一起，離別也是，隨著眼淚的流失，我們擁有的時間也幾乎所剩無幾了。

夜已經好深了。

我想他最後的溫柔，是即使沒有留住我，卻還是堅持陪我走回家。我們刻意繞了遠路，走得十分緩慢，近乎要把那條路走成一輩子，沿路我的淚水根本止不住，因爲彼此都明白，這可能是我們最後一次見面了。

「妳還是要是原本的樣子噢，不要因爲我改變了。」他叮嚀道。
「那你也要一直當個善良的人噢。」我哭著答道。
「妳也是。」

他摟著我說不要難過，笑一個。抬頭看才發現他眼眶裡全是淚水。我們都是好強的人，可那時我突然明白了，在他身邊，我的自尊心眞的一點都不重要。到家門口時，我沒能向他開口，能不能要最後一個離別的擁抱，他卻像是能讀懂我所有眼神和心事似的，將我擁入懷中，就像從前一樣。

我躺在他懷中哭了好久好久。他沒有問我原因，或許也是早猜到了我這副模樣，便任由我將眼淚和鼻涕蹭在他身上。良久，我們都沒有說話。

「你不是說過嗎。不管這份關係能持續多久都很好，我們已經很棒了，從一開始到現在。所以就算再重來一次，我還是會選擇碰見你。」我率先打破了沉默，是吧，我們在很好的時候開始了，也要在很棒的時間結束。

「我也沒有後悔認識妳，謝謝妳。」

我沒有答話，只是把他抱得更緊了一些，我知道我忘不掉他的，但是我們已經足夠勇敢了，對不對？好想告訴他，如果練習道別能夠迎來再次見面的話，那麼我會等，不論多久都會等下去。

相愛的結局

有時我真的好希望，能將我們的通話都保存下來，那麼我便永遠也不會忘記，他的聲音和嘆息，也就永遠不必擔心，會有那麼一天再也聽不見他的晚安和床邊故事。

那晚，我們說了最後一通電話。我們說了太多的話，其實我已經分不大清先後順序，只能憑著記憶記下來。

「妳總說遇到我妳很幸運，但其實這幾個月我也很開心，所以不是只有妳覺得幸運，我也覺得很幸運。」

「之前從深圳回來的時候，我喝得很醉，我朋友說我一直喊著妳的名字。」他繼續說。

「嗯？」

「就是想說，妳對我也很重要。」

我問他好多次會不會覺得我自私，他說自私的人是他才對。我也有好多次想賴皮不走了，我明明知道他在做一個對我們來說最好的選擇。我知道我孩子氣、固執、自負又自卑，我經常認為自己不值得。

「妳是很善良，很可愛，很棒的人，妳要相信妳自己值得被愛，不要一直喜歡我，不要被我綁住。」

「你可不可以不要輕易喜歡上別人。」

「好。」

「算了，收回。」

「為什麼？」

「因為不論如何，我都還是希望你能夠幸福。」

「那如果，如果，妳也遇到喜歡的男生的話，就和他在一起。但不要被騙，要遇到好男生、善良的男生。」

「你記得我剛剛問你，人的情感是不是可以保留嗎？」

「嗯。」

「那我們保留吧。要相信現在保留的一切，才能給予將來再次重逢的機會。」

「好。到那時候，我們一定會成爲很棒的人的。」

「你會一直在我心裡的。」

「妳也會。」

「就算以後會有新的人住進來，我的心裡也有一塊屬於你的位置，即使它可能會變得越來越小。」我說得越來越小聲，因爲害怕終有一天不僅僅是他會忘記我，我也會忘記他。

「沒關係。」

「貝尼。」我輕聲地呼喊了他的名字，像是道別前最後的寵溺。

「嗯？」

「我會住進你心裡的吧。」

「嗯！」他就像我們第一次通話時那樣，無論何時總是堅信自己。

「即使以後，有新的人住進去，也不會被取代的吧。」

「怎麼會被取代？這不能被取代的。」

「以後妳在街上看到我，會叫我嗎？」他突然向我問道。

「恩？但我們不會再見面了吧。」我說。

「誰說的？這世界就那麼大而已。」

「那見到我的話你會怎麼做？」

「我會抱抱妳。」

「什麼意思？」

「見到妳很開心的意思。」

「我等妳出書，那時候我們一定要再見面。」他繼續說。

「好。」

「以後想到我要笑，夢到我也要是美夢。」

「那希望以後，你看見夕陽時，能第一個想起我，想起我們曾做的約定。」

「好。」

「我覺得有些約定即使沒有兌現也沒關係。因爲我已經在我的心裡排演過我們一起追夕陽、看星星的畫面了。那時的我們是在一起的。」

「好。」電話那頭的他，哭著回答我。

「雖然時間很短暫，但我曾經相信過你說的永遠哦。」我哭著說。

「對不起。」

「嗯？」

「對不起沒能做到。」

「你知道嗎，那時的我就好想告訴你，哪怕未來可能失真，那一刻我也會深深地相信。」

「你掛吧。」我遲疑了很久都掛不到電話。

「都看我走了，還要我掛電話。」他有些憋扭地說。

「我掛不掉。」

「那我最後再說一句話，雖然妳說不會再聯絡我，但如果哪天妳眞的很想我的話，隨時都可以，我一直都在這裡呀。」電話那頭的他講到哽咽。而我哭得無法再說話。

「不要怕打擾我。」他哭著說。

「你不要忘記我。」我說。

「我不會。」

最後一通電話、最後一次喚你的名字、最後一次細數你的好、最後一次說愛你，當所有美好事物歷歷在目，失去你的畫面卻近在眼前，你知道這一切有多麼令人灰心嗎。這次真的要放你走了。好想懇求你不要走得太遠、不要輕易愛上別人、不要太快將我給忘記。只是我什麼都不會知道了。

在一陣睡意之中，我矇矓地打下這幾句話，卻再也沒有機會告訴他了。

不太清楚那通電話最後是如何掛掉的，我們像第一次通話那樣聊到了清晨，彼此哭累了便一同睡去。而故事到這裡，也應當要結束了。貝尼先生留給我的東西，或許不是各位能夠想像的，我想就連他也無法曉得，這份愛即使縹緲，從來沒能被證明，我還是相當感謝，我們曾交會過的一切。

每每當我和友人談起貝尼先生，他們總是比我還惋惜地說，故事講完了嗎？爲什麼沒有後續了呀？明明是很棒的開始呀。但或許，就是因爲沒有結局，這份關係才能完好如初；就是因爲沒有答案，在我記憶裡的貝尼先生，才能一如往昔地完美。我不願破壞這份單純、沒有壓力的關係，儘管我曾爲此，在無數個夜晚裡哭紅著眼、流著淚，甚至埋怨過自己，可我一點也不願說，我們曖昧不明，我更想說，我們是上輩子就認識的人，我們是彼此的靈魂伴侶。

某一天晚上，我做了一個好長好長的夢，我幾乎快要分不清那是真實還是我的幻象。我夢見他從遠方走來，說他等了我好久好久，可我都沒有出現。我夢見他緊緊抱住我說：「假如重來一次，一定會奮不顧身地抓緊我。」我哭著醒來以後，很想打通電話給他、很想說對不起、很想告訴他，我的一天是如何度過，可我也怕，那不過是我太過於想念他，那不過是我的黃粱一夢。

我還很想告訴他，我很愛他。可是又能怎麼樣呢。故事已經走到了尾聲，我們也已經走向了歧路。

這個故事，說到這裡，如果就此停下來，大家會有所遺憾嗎？假若我告訴各位，其實當時有另一種可能，大家願意一起走走看嗎？

我十分希望讀者能夠選擇自己最喜愛的橋段，因此任性地寫了兩種結局。儘管在多數人眼中都稱不上圓滿，但我覺得不完美的結尾，其實是人生的常態。很久以後，再拿出來閱讀，一定會發現裡頭暗藏著當初不明白的事物。

另一種相愛的可能

The Possibility of Love

二〇一九年秋末，我和貝尼先生在一起了。

妳好壞。也許離別早已在妳心裡排演了無數次，而對我來說一切發生的太突然，快到我措手不及，從沒想過哪次見面會是最後一次，根本沒做任何準備，今天起床我真的好怕，好怕妳從我的生命中完全消失，但我知道這陣子妳肯定也不好受，辛苦了。

現在的我滿是遺憾，離別前的這段時光是三個月來最不快樂的，能不能讓我任性一次，再給我們一些時間，一起追夕陽、看星星，自在的相處，不為了離別，只想著當下？但如果妳覺得不妥，那會讓我們更複雜，又或者停在此刻是最美好的，那我會尊重妳。

但無論如何，請妳答應我，不要讓我們之間的連結完全斷了，哪天要找小貝時，我還在這。

說好離開的隔天，他便傳來這些訊息。

「那你先匯六千塊來。」過了不久，我開玩笑地答道。

「什麼意思？」
「就是還剩下的六千塊！」
「我知道啊，但什麼意思？」
「Yes, I do 的意思！」

我們戀愛了。這是一場無論如何都不會有結果的愛情，只是當愛走到我們面前，我們並不介意，也不打算逃跑。

我們第一次的約會在夜市，至今我都不知道當時他爲什麼不牽我的手。於我而言，我們相戀的開始是十分羞澀的。即便不是第一次戀愛，但和眼前的這個人，卻是第一次。

送我到家門口的時候，我彆扭地說：「你都騙我！」「什麼我騙妳？我騙妳什麼了？」他慌張地問道。

「你之前說，說如果再次見面的話，你會抱我。」我無理取鬧地抱怨著，他卻絲毫不在意，只把我抓進他的懷中，戲謔地說：「我有說過這種話嗎？」

「你就是有說，在電話裡。你說如果再見面的話，你會抱我。我問你什麼意思，你說見到我很開心的意思……」我想若有繞口令的比賽，我應該能得名，題目是：你爲什麼不抱我。

「現在不是在抱了嗎？」他輕聲地說。

「你是不是喜歡我呀？」

「我沒有不喜歡妳呀。」

「你回答我！」

「我喜歡妳。」他將我緊緊抱在懷中，以氣音告訴我，他喜歡我。

空氣好像瞬間凝結了。

我凝視著他的雙眸、高挺的鼻子，還有小巧的唇。我們對視，他吻了我的額頭、我的髮絲，我踮起腳，往他的唇上輕輕地碰了一下，像是回應他的吻，然後他矇住我的雙眼和鼻子，吻了我的雙唇。

那之後我們一起過上一些平凡的日子，這些日子其實不多，但我想他當時一定沒有聽見我心跳的聲音。

像是我從洗手間走出來的時候，他牽起我的手，往我的手背親了一下；像是某次我感冒了，搭乘手扶梯的時候，他盯了我好長一段時間，然後往我的口罩親了一下；像是一見到他的時候，他摟著我的腰，我也摟著他的，走著走著，他突然停了下來，拉我到路旁擁抱；像是陪我等車的時候，他說再見，然後往我的臉頰親了一下，我望向他，他貼近我的耳邊輕聲地說：「我愛妳」；像是我們在草叢裡漫步，他作勢要親我，我說不行，他會感冒。他將我的口罩摘了下來，低聲地說：「沒關係。」然後吻了上來。

我們的唇還未分開的時候，我擔心地向他問道：「這樣你感冒的話怎麼辦？」

「那也沒辦法。」他小聲地說。「都親成這樣了。」然後他的唇再一次地靠近了我的雙唇。

老實說，我從來沒有想過，自己會這樣地喜歡一個人噢。有幾次我和他巧合地穿著一樣的衣服，兩個人在餐廳裡聽到屬於我們的歌的時候，我們相互呼喊對方，然後相視而笑。即使不開口，彼此也明白，我們想的是同一件事。

還有幾次，當我走在斑馬線對面，總是一眼就能認出他，故作鎮定的神情，也絲毫無法掩飾想朝他跑過去的心跳，然後緊抱著彼此，好久好久。

「我覺得現在好幸福。」他揹著我回家時，我默默地說著。

「不好嗎？」他問道。

「太好了，所以想一直記得。我怕我習慣了這樣的美好，就把它當作理所應當，所以我要這樣一一細數、不斷地複習你的好。」

「妳說的喔。」

「嗯嗯，打勾勾。」我沒有向他開口，以後就算分開了，我也會記得他的好。

我知道所有事物都有期限，他的好也可能有期限，我盡量不去想太遙遠的事，此刻我想要愛他，我便要用一切來珍惜他。只是我們的日子彷彿見不得光，貝尼先生其實如他所說，日常非常忙碌，我並不存在於他的生活裡。

生活畢竟不是童話故事。我花了好長一段時間才眞正明白到這一點，正如所有的愛情故事都會面臨的爭吵、冷戰甚至分離，我們也沒能倖免。縱使彼此都明白，這段戀情的開始本就不容易，但更多時候比起相愛，更多的是現實、是自尊心。

相愛原來並不會讓一切變得簡單，更多時候讓一切都變得複雜而艱難了。

我曾想把我們相遇到分開的過程一一寫下來，可是我發現我做不到。因爲說不清那些改變是爲什麼、是什麼時候改變的，回憶太像一把雙面刃，曾美好得無與倫比，在現實面前，卻能輕易而銳利地刺傷彼此。

一個月、兩個月，甚至是一年都好，最終我們還是分開了。分手那天，我們牽著手在巷口散步，終究沒能把這條路走成一輩子。

「妳知道妳是我交過的女朋友當中，唯一說過那麼多心裡話的人。」

「那你後悔嗎？」假如他提早知道，這是我們相愛的結局，他還會和我相愛嗎？

「感覺停留在那時候是最美好的。」他答道。

他說的話總是對的，因爲太過於正確，偶而我希望他認輸，我也想贏一次。可是算了，若是輸給他，我心甘情願。

假如那年貝尼先生做過最瘋狂的事，是匯了一萬塊給名字是誰都不知道的人，只爲了更長久的聯繫；那麼我做過最癡情的事，便是寫了一封遲到兩年的情書，是在無數個夜裡獨自想念著他，即使是在再沒有他消息的日常，即便是在再也見不著他的日子裡。

想來諷刺，有時候能加以保留愛、使愛恆久不變的，竟只有高唱離別這首輓歌了。只是人們都是這麼來去的，會有新的人汰換掉我的，但就像我們曾說過的那樣，心裡的某個位置，一定會存有彼此的影子，會在某些時刻突然想起，然後緬懷，再回到屬於自己的人生。

親愛的貝尼先生

我們說過的話全都衰落了，爲了不讓其腐朽，只好將你寫進書裡，收進書櫃。偶而拿起來讀，卻堅持不把它讀完，你會問我爲什麼嗎？那是因爲，我始終讀不懂，爲什麼你連最後都是面帶笑意的無言。面對空白的扉頁，我只好闔上。

親愛的貝尼先生：

這是最後一封信了，一如往常，這次還是想請你聽一首歌：〈至此〉

這封信我寫下又按刪除鍵，已經是第三次了。甚至想著，不如就停在這裡吧，和我們的關係一樣，停在一個難以描述的時間點，我們的故事也可以停在不甚完美的地方。

初識你的時候，說未來無論如何都會將你寫進書裡。即使聽來浪漫，只有我自己明白裡頭是帶著私心的，甚至是我做過最自私的事。我要你惦記我，要你在夜裡想念我的聲音，要你誤以為你愛我。

那麼或許，就會真的愛上我了。

只是沒想到那樣的私心，真的讓我們走到了一起，也讓我們分開。

更加沒想到，因著那份承諾，如今我坐在書桌前，想念的仍是曾與你並肩的光景。

不曉得你還記不記得曾經承諾過我的事？我們說好每天都要向彼此分享一件有趣的事情、我們說好要一起看許多電影和影集、我們說好要去看星星和追夕陽、我們說好誰也不率先離開對方。我們都很壞吧，都說話不算話。

當我們說過的話成了我們的內傷，想念就成了罪過。但哪怕從未和你一起追過夕陽，我們也算追到彼此某段時光了對不對？多希望那些好過的時光你能慢慢地細數，因為一不小心，就會被生活偷走。

是不是彼此的靈魂伴侶已經不重要了，我也不願再輕信那些傳說了，但何其有幸能夠遇見你，才能寫下這麼美的故事。無論當時的好壞，我一直堅信一切的發生都是我們選擇的，而我們分離、各自長大的這段日子，我其實常想，那是我們做過最好的決定。

分開以後，我做了好多好多的努力，我已經成為二十一歲時憧憬的自己了，如期地出了書，不再那麼經常做惡夢了，也願意相信世界上真的有許多可能了。曾有過幾次，想告訴你，我真的長大了，不再那樣黯淡無光了，只是你已經不在了。

偶而我會懷念你陪我走回家的那條長巷，你知道嗎？我們一起有過喧鬧和笑聲的海報已經被撕除了。我現在也已經不住在那裡了，以後大概也不會再回去。你曾唱過一首歌給我，我其實幾乎要忘了這件事，但為了提筆寫我們的故事，只好一次又一次地回頭去看，聽著那首歌的時候，某瞬間我覺得很想哭，倒不是因為我還很愛你，是因為自己竟對你的聲音感到陌生。我們已經好久好久沒有通電話了。

你看，時間能改變的事物，真的超乎我們的想像。才赫然發覺，你是真的會連同那些海報、路燈、想不起來的聲音一同離開我生命的。

還記得給你讀的床邊故事裡頭，你說不知道實情的人比較辛苦，我卻堅持懷抱著秘密的人更加痛苦。那我們呢？現在回想起那段時光，你老是問我，為什麼要漸行漸遠了才能寫故事？如果一直有聯絡也能寫呀。很久以後你才告訴我，當我說著：「我覺得所有事物都會消失。」的那個晚上，你其實很難過。

當我們終於成為故事，成為隻字片語都無法重返的過往，我才得以讀懂你話語背後的愛，我們對於彼此的愛，總是慢了好幾拍。但是故事寫完了，也該和你道別了，這才發現身體裡面所承載的故事，其實比想像中要來得輕許多。

倘若在那些被丟掉的日子裡，我曾被你輕輕地提起，卻又重重地放下；在那些難熬的夜裡，我曾被你想念或者緬懷，那麼即便我們不守信，那麼即便故事潦草地結尾，在我們真心地給予、深刻地愛過以後，我也真的不怪你了。

或許有些路，真的只能走到這裡了。而有些話，比起說出口，文字也許能保存得更久，能將這些喜歡和念想藏得更深。在很近或很遠的以後，假如有幸再碰見彼此的靈魂，我會試著坦誠，也不會再用心裡最脆弱的地方來交換愛了。

親愛的貝尼先生，已經不能再叫你親愛的了。但不論未來的日子會有多艱難，我都希望，你還能一如當初，總把善良是最重要的事掛在嘴邊；不論將來的我們會成為多麼不一樣的人，我都要祝你好運、祝你幸福，永遠永遠。

謝謝你，我的鉑鈦男孩。*

——**謹獻給，曾使我的時光軸被冠冕、讓那段日子變得極其輝煌的貝尼先生。**

故事真的只能說到這裡了。我無法告訴各位，當時他們選擇什麼橋段、何種結局，同時我也希望能留給讀者一份想像的空間，也許是他們的久別重逢，當然也可以希望他們不再相見。不過對我來說，不論是哪一種結局，都是極其珍貴的。

甚至我也十分好奇，當貝尼先生讀到這裡的時候，會不會也有他心裡的結局。

噓，不要說話。走到我面前，擁抱我一下就好。

"I'm glad to see you again."

*取自《可是我偏偏不喜歡》其一章節：「我們付出情感的對象，將深遠地影響到我們對於整個世界的衡量與判準，像是如今被儲藏在法國巴黎近郊的鉑銥公斤原器，此後不管我們再遇見誰，心底都默默有數。」是曾朗讀給貝尼先生的床邊故事。

輯二

人魚的眼淚

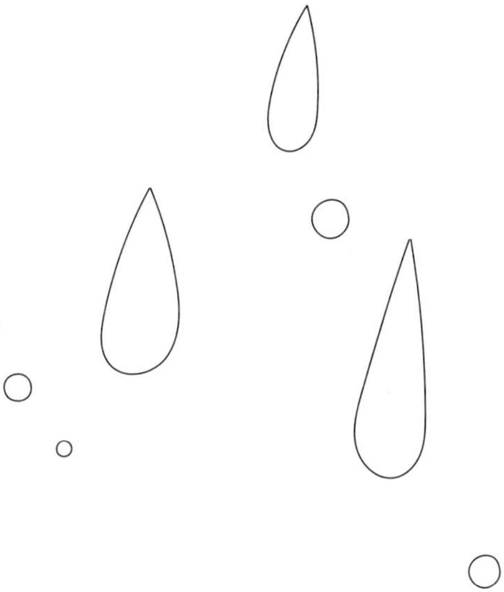

如果我們都將被海水浸濕
你能不能不忘記
這裡曾經
沾染我的氣息

時機

好過的人
壞掉的時間
錯置於
相信緣分的我們

贗品

我希望你明白
給你的那些愛
因你而堆砌的文字

都是爲了你量身定做的

往後我再無法
拿出等量的愛去愛別人
也再沒能在他人耳邊
絮絮叨叨說情話
更遑論寫詩

我想要你知道
我每說一次愛你
就少了一次
愛你的可能

你曉得嗎
任何事物
只要發生第二次
就會成爲贗品

租約期滿

Lease Expiry

房間

聽說一個人的房間能顯現出一個人的心理狀態。我不擅長整理，什麼東西都散落在各處，文字是這樣、愛也是這樣。偶而能在書本裡翻到信件、在床頭邊找到遺漏的半對耳環，或發現愛過的人以不同形式記載於筆記，或聲音，或信物。正因如此，每次都像是重識了被時光遺忘的自己和他人。既陌生又熟悉。

「你覺得回憶能被替換嗎？」我問道。

「嗯？」

「比如，你和女友去了最喜歡的火鍋店，再後來，你們分開，你仍會和朋友去那間火鍋店，一開始會懷念起她，只是到後來你會發現，那些曾有過關聯的開始被一一抹煞、取代，最後剝落。」

「我不知道。」他停頓兩秒，「但我覺得，它們仍然存在，只是不再清晰了。」

我沒有回應他，因爲我知道，終有一天，我們共度的一切也會日漸模糊。新的事物的確無法取代舊的，只是一個人的身上，若是承載了太多事物，最終消耗的便是自己，假如我們還硬是拖著它們向前行，那些行囊眞能不被時光侵蝕，依然完好如初嗎？

氣球

每一場盛大的道別都是憂喜參半。身邊友人一一畢業，我也開始和一些人漸行漸遠，當時牆上還貼著慶生時朋友爲我貼上的氣球，搬離租屋處時把它們從牆上撕除，然後一一消氣了。

將那些氣球消氣以後，我原先想丟掉的，卻又害怕丟掉了，那些心意也一同消散了。於是將它們從垃圾桶撿回來，一個一個摺好，收進回憶的盒子裡。

氣球是我親自讓它們消氣的，大家都是道了別才遠走的，我不能天天拿著氣球走上街，也無法將每個愛人綁在自己身邊。只是仍記得手裡拿著氣球時宛如孩子般快樂，也記得那些再日常不過的歡喜，好像除此之外沒有更重要的東西。

珍惜一個人的方式可能也就像這樣吧，願意坦承我很愛你，可當我們想走的路不再一樣，我不堅持要你和我同行，但永遠希望你走向的路都是明朗的。即使前方不再有彼此，但有些人只要陪我們走過一小段路，哪怕不撒下麵包屑去刻意記得，也好像能沿著愛的軌跡走回來。

仍感謝過往時間裡的那些眼淚、擁抱和陪伴，可日子成長的同時，我也應該要長大，要懂得告別、懂得遠走。或許偶爾，我還是會懷念一起走回家的那條長巷，還是會想念夜半時躺在那張床上和某個人談笑風生的日子，但我更清楚，我能帶走的東西有限，而有些人似乎只能滯留在這裡了。

租約期滿

要是我能寫一封信給那位於北投區的房子，應該是這樣的吧。

因為喜歡樓中樓的設計，見到你第一眼就決定要和你簽約。

好難想像真的要離開你了，我在牆上貼了太多東西，彷彿是在證明我真的曾經認真地活在你這裡，撕除的時候留下了不少痕跡，所以買了除膠劑，一次又一次地撫平牆面，直至它恢復成原狀。現在你空蕩得跟初次見面一樣。你說人與人之間的關係是不是也像這樣？租約到期了，我們盡可能地清空回憶，但有些時候，能抹去的僅僅只是表面的灰塵，那些在心裡波濤的漣漪，若不細看，便無人能察覺出異狀。

兩年的時間真的太短又太長了。堆滿心事的牆角、流過眼淚的那張床、承載心意的祝福氣球和蛋糕，還有那些曾在生命舉足輕重的人來過你身邊。

和你道別、和愛過的人分離，雖然不是為了再相見，但會恆久地活在我的心裡面。謝謝你，最後一晚睡在這裡，哪天睡夢中會再相見的吧，我的十三號房。

一期一會

いちごいちえ

To C,

我很愛你，也好喜歡我們一起走過的路、我們一起看過的電影，但我知道的，有一天這份愛也會消失於我的身體，只有在我翻開過去日記本的時候，才能再次穿越時空回到這裡，看見這時候的你、這時候的我，我們是如何相遇、如何相擁、如何親吻、如何道別。

但我愛你，並不要你一直愛我。過去讓我感覺活在地獄的記憶從未死去，它被放在某個很深的地方，成爲我身體的一部分。你也會那樣的，成爲我的一部分。相遇的時候，我們所擁有的記憶、擁抱、一起看過的星星和月亮，只有我們能讀懂的語言都會成爲我的一部分。

即使未來，我變得蒼老、因年邁而長出紋路的臉孔可能不如我們初見的模樣，身體也會始終記得那是曾被你輕捧過的臉頰，提醒那些燦爛的日子，將永遠永遠一如當初。

假如以後你想念我的話，希望這封信能被你一讀再讀；假如未來的日子變得艱難，希望這封信能成爲良善的祝福：你要好好吃飯、好好睡覺、好好生活、好好愛人、好好愛自己，要一直是個溫文儒雅的人，這樣才不會虧待我的捨不得喔。

你知道日本茶道有句話叫作一期一會嗎？意思是一輩子只有一次的相會。其實對我來說，每一場戀愛都是初戀，因爲我們相遇的所有瞬間、我們相擁時互相取暖的體溫，我們相愛時交換的密語和幸福也都只會發生一次。

見到愛人的眉眼是第一次，太好的瞬間在心裡發芽是第一次，因爲某個誰而感到傷悲是第一次，能夠成爲另一個更好的自己也是第一次。所以無論如何都要感謝，感謝那些人還有那些流過的眼淚，因爲我眞的相信那些愛都能離自己喜歡的樣子再更靠近一些些。

儘管有時那些曾讓我如癡如醉的人，太像一場美夢，可當我醒來，得到的總是比失去來得多。

所以再讓我選一次，我還是會選擇和你相愛，選擇走到今天。將來我們在彼此心裡留下來的部分會越來越少，許多記憶也會日漸斑駁直至模糊不清，或許某一天當我想起你也像是近視般再也無法細膩地描繪出你的輪廓，但是，日記會記得、合照會記得、票根會記得，現在不停書寫這封信的我也會記得。

因爲我始終相信即使愛消失了，關於愛人的記憶也不會消失。

能愛過你，能被你愛過，眞的應該要滿足了。不論你是否竭盡全力，我們都不要爲了尚未到來的明天、未能履行的承諾道歉，不可以道歉，道歉的話會成爲遺憾的。可是謝謝，是最好的祝福喔。只要感謝過去曾相互給過的溫暖，還有此刻站在眼前的彼此就好。

畢竟有些路只要走過一段就應該要知足了，有些愛只要經歷一次就應當滿足了，有些人只要遇見一次就是非常了不起的事了，我想要你知道，你就是這樣美好的人。

竟開始想起你了

Yesterday Had You on My Mind

偶爾懷念起那些通話、旅途和日記的時候，想起了那天，我們坐在沙灘上倚靠著彼此說話。

「你知道人什麼時候會開始懷念過去嗎？」

「什麼時候？」

「覺得現在不如過去的時候。」

我希望有一天，我們都不要懷念現在。我希望我們能一直喜歡彼此眼中的樣子，我希望他愛我，不論昨天、今天或明天。

科技發達的錯

Technology Mistakes

「妳不能封鎖我喔。」你說。

「好。」

「打勾勾。」你將手伸出來說道。

「要蓋印章嗎？」我笑著問。

你說好。

依稀記得年幼的時候，我們還用著非智慧型手機，七十字的簡訊總是刪刪減減，只爲了在一封短小的信件裡，盡可能地傳遞給對方所有關於愛的憧憬。刪去了所有標點符號的訊息，讀來艱辛，卻藏著許多無法言喻的幸福。

如今我們不再需要計數，一通電話就宛若置身於彼此的懷抱，我們是那般靠近，彷彿這個世界上，除了我們，別無其他。我喜歡我們談愛時細碎的聲響，你一開口，話筒那端的我就要融化。

只可惜那時候並不曉得，那些時刻是那樣短促，只怪自己當時太過於年輕，還沒能學會愛你的方式，就任那些時光離我們遠去。

當談愛變得輕而易舉，我們便開始健忘，忘卻日期、忘卻相愛的意義、忘卻年年歲歲的陪伴、忘卻愛是曾需要細心照料的花朵，才終於曉得一來一往的訊息終歸讓人與人之間變得僥倖，我們計較於已讀過後的沉默，也厭倦於未讀的等待。哪怕現下我們什麼都能開口，卻還是說了太多無關緊要的話。

你生命裡曾遇過這樣的人嗎？曾守著話筒通宵聊著天，講了無數通網內互打免費、手機都沒電的電話。如果我想念你，那肯定是想念過去的你，想念我們曾說過的話，想念我們一起走過的每條小巷，想念每個重要的人生階段都有你的陪伴。

可是現在這些都沒有了。你知道在這條街道上相擁的人、在這世界上相愛的人還是好多。可是街道的變遷、個性的相異，在資訊越來越透明化的現代看得尤其清楚，報章雜誌記錄著結婚又離婚的人數，社群軟體上隨處都是不同愛人的影子。

如今，就算我再思念你，也只能翻看那些合照，眼看著它們一張張成爲了過去的遺照，我們曾笑得多麼開懷，卻想不起是爲了什麼了。我不能問爲什麼，因爲我知道你也給不了我答案。

你也有這樣的感覺嗎？屬於我們的一切都正在消失。即便說著愛你這樣的情話，心也不再怦然了。我們的記憶、通話、愛還有你，都正在相互遠離，想到這裡心還是酸酸的。可是我能怎麼辦呢。

說不定，說不定這就是我們的全部了。

—

通知欄上顯示著明天是你的生日。但我已經不能夠打通電話給你，也不會傳長長的生日祝福。原來科技並不會因此而拉近人的距離，即使沒有封鎖、沒有隱藏，那些瑣碎仍會隨著時間的流逝而消失不見，直至我們都想不起來。

你記得嗎？我們曾一同感嘆科技發達的優劣，這些時日當我發現屬於你的名字成爲了我的自動選字，才恍然大悟，科技的方便著實留下了讓人傷心的理由呢。但是，儘管如此，我還是很高興這些年你來過我的心上，我喜歡你的聲音，也喜歡你的樣貌、聰明、體貼還有才氣。

這麼多年以後，舊手機已然不敷使用，而我們像過期的簡訊，不再有人精心敲打著愛。字數的限制，對於能傳遞愛的方法，稍顯不足，又談論那些愛的記憶，經過了數年的流逝，早已過載。

科技發達的時代，我從沒想過我們的愛也會因而走遠。當我們什麼都忘了，才體悟原來自始至終，也只有科技才會記得一切，只有科技才會斤斤計較日期和定位，只有科技才會算計，我們說了幾遍的「我愛你」。

See You Later

第一次碰見他的時候，他在舞台上演唱了〈外面的世界〉，我從未聽過那首歌，卻在台下感動得落淚。

在很久很久以前／你擁有我／我擁有你
在很久很久以前／你離開我／去遠空翱翔
外面的世界很精彩／外面的世界很無奈
當你覺得外面的世界很精彩／我會在這裡／衷心地祝福你
每當夕陽西沉的時候／我總是／在這裡盼望你
天空雖然飄著雨／我依然／等待你的歸期

後來在因緣際會下，我們一起吃飯、一起看展覽、一起旅遊，成爲了無話不談的朋友。

聊天的過程中才驚覺我們曾在國外碰見過一次，那年在英國留學時，我時常一個人旅行，一次搭乘火車的途中，在和他對看了不久後，他先向我問好，我也點頭微笑示意。在一個半小時的車程裡頭，我們聊得不亦樂乎，但始終沒有留下任何的聯絡方式，只是擁抱了對方，然後說聲：「See you later.」

我們說 see you later 的時候，並不是眞的待會見，而是清楚明白，這不過是問候一般的話語，而這輩子大概再沒能見到這個人了。

曾以爲那場談話是我們緣分的終點，只是橫跨了幾千公里，又度過了多少春夏秋冬，還能和他重新碰上，我心裡總認爲那是命中注定。

和他相處在一起的時候，我總是仰望著他。除了他眞的很高以外，還有心靈程度上的仰慕。他有理想、有抱負，還有那樣迷人的藝術家特質，我仍搞不清楚自己究竟是什麼時候愛上他的，也許很多年以前，我就對於他的幽默感深深著迷，也許那年當他在台上表演，站在台下的我早已爲之動容，當我想去探究他的好，才發現他早已成爲了我的習慣。

在他身邊的時候，他一次也不曾嫌棄我煩，或許是因爲他比我還年長一些的關係，總任由我在他身旁胡鬧，每次我鬧脾氣時，他也總是率先認輸，就在那樣的一來一往下，我們從親近的朋友，轉變爲會牽手、擁抱、親吻的關係，對於那時的我而言，只要能陪伴在他身邊，一同成長，便是最大的幸運了。

一次他騎著摩托車載我的路上，整個車程他都不說話，一開始我有些賭氣，明明這麼久沒見了，怎麼見到我既沒有表現出開心，反而生著悶氣呢？在等紅綠燈的時候，我悶悶地說：「你心情不好呀？」他點點頭。「那我們抱一個好嗎？」我說。

他突然間哭了。認識這麼久以來，我第一次見到他落淚。他說他從來沒有遇過一個會擁抱他全部悲傷、能體諒他所有尖銳的人。

「那是因爲你也這樣對我呀。是你讓我相信世界上有這樣的人的。」

「我們永遠不要分開好不好？」他像個小女孩似地說著這樣的話語。

「好。」打從遇見他那一刻起，我就沒想過要分開。

儘管日常平凡，但卻是我最懷念，心裡感覺最踏實、幸福的日子。我書寫的時候，他彈著吉他唱著歌；我發脾氣的時候，他就在一旁寫悔過書；我做惡夢哭著醒來的時候，他總是抱著我，摸著我的頭溫柔地說道：「不要怕，我在這裡。」

我們每個月規劃一次小旅行、在夜半時叫鹽酥雞來吃、一起看鬼片互嚇對方，又在夜晚擁著彼此入眠。我說我愛他的時候，他總說：「我比妳想像得更愛妳。」

只是即便我們再愛彼此，即便我們再眷戀這些回憶，某些不願面對的日子，還是會到來。在我們討論之後，他決定去到國外工作。

他的清晨是我的夜晚，所以我總是熬著夜守著手機，深怕自己不小心睡著錯過了他的電話，一連設了十幾個鬧鐘。

他在一天的初始告訴我他的行程，我在一天的結束分享我的生活，起初都是那般美好，雖然路途遙遠，但我一直堅信只要眼裡有著對方，終有一天也能幸福地生活在同一個屋簷下，吃著鹽酥雞看著電影，然後在彼此的呼吸聲中沉沉睡去。

然而當我們的世界越來越不一樣，那些對於未來的想像，在一次又一次的討論下漸漸地看不清離形。我們都曾以爲愛情故事需要誤會、大吵大鬧才能分開，其實生活上的一點艱難，就足以把共生在彼此身上的愛消磨得體無完膚，甚至模糊了眼眶。而一旦愛變得混濁，就再也談不起愛了。

「我其實很喜歡現在的生活。」

我明白他所說的，他並不打算回來了。而若我們持續抓著彼此不放，也不過是歹戲拖棚。

「那我們分開吧。」

「妳會怪我嗎？」

「怎麼會呢，你一直是自由的，一如當初我愛上你那樣。」

「對不起。」

我沒能再說更多話。我不曾怪罪那個人，偷走了我所有關乎未來的想像，我眞的不怪他。我唯一能留給他的，也只有那寄去遠方的信件了。

你曾說你愛極了我提起夢想時發光的眼睛。你總愛和我談論世界的遼闊，你愛冒險、愛一切新鮮的事物，待在你身邊，總感覺世界變得新奇又非凡。

一起許過好多個願望，許願的時候我們緊閉雙眼，想像的都是美景，充斥著都是幸福的溫度，也曾堅定不移地說要一起去到遠方，甚至不知道永遠有多遠。可是那然後呢。

我也希望列車永遠不停，只是當你說你要離開了，我能拿什麼來留住你呢。我們是那麼地不一樣，而你是擁有如此多可能的人。

你總說世界那麼大、人那麼多，一定有個人能被我好好愛著，也能好好愛著我的。我直至最後都沒有告訴你，多希望那個人就是你。多希望我們都能如願以償。

今天你走到哪裡了呢？要是走得太累了，記得回家。

有時候選擇放手，並不是因爲不愛，而是珍惜。珍惜我們共同度過的日子、珍惜我們給了彼此許多不曾擁有過的幸福、珍惜我們一直以來所談論的一切，所以理解。理解他的難處也願意承認，他所追求的夢想和我憧憬的未來並不在同一個方向。我相信我們相愛並不是爲了成爲對方的全部，因此我尊重他想選擇的人生、支持他想走的路途。

有些人說，假如對方沒有將你納入他的人生藍圖，那麼他根本不夠愛你。可是，人生這條路極其漫長，所有人都是一邊長大、一邊追尋，又有誰能總是做出正確的選擇呢？我們都不知道人生的答案是什麼，所以在所愛之人想過另一種生活、想去尋找另一種可能的時候，也不要太怪罪於他了吧。

曾允諾過的幸福、擁抱過的體溫，即使不再同行，也會在記憶裡沸騰，成爲我們血液裡的一部分。只要在能愛的時候，竭盡全力地愛，問心無愧地給予，那麼一起走過的時光就不算白費，那麼當我們再次回想起也是歷久彌新的幸運。

我相當感謝，年長六歲的他讓我明白，分開不一定要撕心裂肺，我們仍能大方地給予對方祝福，優雅地退場。也因爲他的成熟，才讓我們仍能維持一份相當友好的關係，不再計較時差、不再計算距離，也不再為了數算下次見面的日子而不歡而散。

分開的這幾年，他在外旅行時，偶而會寄來不同國土的明信片，現在一張張被我裝飾於牆面，他教會我，旅程的終點，並不一定要兩個人才能抵達，有時候，一個人所嚮往的目的地，是無法結伴同行的。

前幾天他打了通電話給我，興高采烈地說他要結婚了。

一時之間，眼淚不自覺奪眶而出。不知該從何問起，也說不上來什麼情緒，當所有情感交織在一起，竟只有淚水是眞的。我眞切地開心，曾深愛過的少年找到了屬於他的幸福，也惋惜於自己曾想像過無數次他成為新郎的樣子，卻未曾想過，在他一旁穿著婚紗的人不是我。不會是我。

當過往的回憶一一浮現，耳裡便迴盪起了那首歌：「在很久很久以前，你擁有我，我擁有你。」或許所有事情就像是註定好一樣，從我們喜歡的國家，從我們喜歡的歌，從我們喜歡的擁抱，都像是早就預定好的一樣，遇見了又走散，擁有了又失去，擁抱了又分離。

可有時回想，最初愛上他時，他四處漂泊、到處流浪，卻給了我從未有過的安全感。那段時光，我無比愛著那如海一般漂流的少年，所以我又怎麼能讓他駐足於我的岸邊呢？萬幸的是，他曾來過我的身邊，曾將我作爲他的靠岸，曾讓我堅信盡頭那端會有他的光照亮我的灰暗，才讓此刻的自己能夠勇敢地談愛和夢想，不再畏懼。

和少年走散以後，我們仍十分珍惜於這份關係的維持，是因爲彼此都清楚，某些關係即使再沒有了愛，也早已轉變爲一種無法替代的情感。或許時差和距離曾讓我們彼此背離，卻也在多年以後昇華了愛。如今我們才能夠笑談那些過往，相互感謝、祝福，爲彼此的幸福熱淚。

「婚禮上見。」他一邊說著日程安排，我一邊笑著附和。

「See you later.」這次，我想率先向他說這句話。

假如有幸成爲一首詩

假如有幸成爲一首詩
我能否被你一讀再讀
你要是輕輕推敲
字裡行間
都是對你的愛意

假如有幸成爲一首詩
你是否也曾惋惜
不能再一同寫
我們的故事

只願在有你的光景裡慢慢老去

Grow Old with You

鏡頭

「一起走的話，會比較容易走到盡頭嗎？」我曾向他這樣問道。

「不會吧，但要是我們其中有人不小心跌倒了，就可以扶起對方，相互提醒最初行走的意義。以後，就算不小心走散了，只要回頭看一起踩過的痕跡，也不必害怕某些路途需要獨自一人前行了。」

「吶，你要牽好我噢。」

那天我們一起去了巷口的照相館。爺爺說，我們的底片有許多都過曝了。我不好意思地說：「因為我們才剛開始練習……」

在一旁的他卻不以為然地說：「那是因為她的眼裡總是有光芒。」說完後，他轉向我戲謔地眨了眼，假如我的雙眼能成為快門，那麼這一幕說是我人生裡的最佳畫面也不為過。

離開了相館，我們就近找了家餐廳。

「如果有一天我們變老變醜，你還會像現在這樣陪在我身邊嗎？」

「嗯嗯，我會。」嘴裡塞滿食物的他，鼓著臉點頭回答道。

我時常想，在這什麼都飛速的時代，我想慢慢地裝上底片，按下的每次快門都得深思熟慮，那才足夠捕捉所有他在我心裡光亮的瞬間，彷彿我能在鏡頭另一端看見，我們手拉著手，把這段漫長的路走成永遠。

原先是想愛他一生的。只是後來的日子，他帶走了他的相機說要去遠行，而我陸陸續續收到幾張他從遠方寄來的明信片，他所嚮往的目的地是那樣清晰，卻是我永遠也抵達不了的光景。

他從來不曉得，那些始終看不清雛形的相片，仍閃亮地照耀著我們愛過的時光。

盡頭

「今天只有妳呀？」爺爺問道。還沒來得及回答，爺爺敲了下頭說，「啊，我這毛病，我這裡還有幾卷上次忘記給你們的，妳等我下，我拿給妳。」

「好呀。」

「這次進步很多噢！」爺爺笑著說。

很久以後收到的每幀畫面，那喜出望外的神情好似我們的愛從來都不會有盡頭。

想念是離別的盡頭

忙得焦頭爛額的時候
請允許我　輕輕地忘記

孤獨來襲　生活疲憊的時候
怕提起你只是徒增了傷心
我下定決心　今夜過去以後
日記不應再有你的姓名

但每當　我走在人群中央
總是不時想起你
牽著我的手　橫跨斑馬線
靜待綠燈時　偷偷地吻我

你知道我畏懼人群
但在你身邊　我不曾害怕過
因爲你總會
保護我所有的脆弱
擁抱我所有的傷口
在我耳邊　輕聲地說
你很愛我

如今我　仍然害怕人群
卻還是想在人潮裡
尋找你的身影
可是我找不到

我真的嘗試過了
我把全世界翻遍
卻還是找不到你

如果想念有週期
那是一年四季　周而復始
從不更迭

如果想念是場躲貓貓遊戲
我可以認輸
那你可不可以
告訴我　要去哪裡
才可以找到
像你一樣好的人

如果想念是離別的盡頭
當我們走散　無法再談愛以後
我想要你知道
I always miss you
as if I'd never missed you

（我永遠想念你／彷彿我未曾失去過你）

光和影交錯的瞬間

Every Moment Spent with You

到了最後，還是只能緊抱彼此哭著說「不要忘記」。

曾發生過的事、曾讓血液滾燙、曾鐫刻於心中的人怎麼可能忘記呢？頂多是想起來變得模糊了。所以人們拍照、寫字、畫畫留念和紀念。

所有的努力都只是爲了不忘記而已。因爲人到最後能留下來的東西，好像只有記憶了。記憶裡有愛。那份愛飽含思念和眼淚，還有繼續行走的力量。擁著那份記憶的我們，才可以帶著那份祝福去到許許多多的地方、遇見新的人、想念曾閃爍的瞬間，最終迎來再次相遇的那天。

我所鍾愛的日子裡面，藏滿了無數人的臉孔，一些好過的，最終碎裂的，一些曾光芒萬丈，最終以悲傷作結的。有的成爲了傷痕，有的化爲了灰燼，還有些始終都是秘密。

只是時間就那樣滴滴答答地過去了。即使許多時候淚流滿面，我還是感謝那些人曾來過我的生命，無論是短暫地停留或長久地居住，無論帶給我多少快樂抑或悲傷，我都感謝他們來過這裡、溫暖過這裡。

我從來都不會曉得，在那些人的回憶裡，我會成爲什麼樣的人，可是也許從來就沒有眞正的離散。因爲那些曾偏愛過的人，終將以另一種形式住在我們的心中。有時候是一起養過的貓咪、有時候是一起走過的街頭、有時候一句話語也能憶起關於那些人的回憶，我們是沒有辦法眞正離開那些人的。

既然沒有眞正的離散，當那人離開的時候，當我們將要面臨分別的時候，也不要留下惡言。即使再也說不出情話，即使再也給不出祝福的話，也不要留下惡言。眞的不要。因爲都會在人的心中住下來的。一不小心，就很可能成爲傷口。不要爲難他人，不要爲難曾愛過的人。

也不要因爲那些不堪的過去，因爲那些稱不上離別的分手去懲罰自己，我們所能做的，是在能道別的時候，還尚存著一些喜愛的時候，輕輕地擁抱、輕聲地祝福。

離別的禮物

相遇的時候，我把身上的某部分給予那個人，只有他知道那時的我是什麼樣子，是堅強、可愛，卻又可恨。那個人也交付了他的某個部分給我，既固執、軟弱，卻又勇敢。於是分開以後，我只剩下他給我的那部分，自己的那部分已然失去，葬送在他的身上。

我非常喜歡一句法國俚語：「每一次道別都死去一點點。」（Partir, c'est mourir un peu.）每次道別，我們就要互相交換一次，因此將對方從身上撕除的時候，也意味著那些好過的記憶都將要隨著時間流逝。

道別總是艱難的，畢竟我們已經將彼此的生命揉在一塊，幾乎要分不清什麼是我的，什麼是他的，甚至後來我都不曉得，是我活成了他的樣子，還是他成爲了我的影子。

其實我們都清楚，未來那些人在心裡所佔的部分會越來越少，甚至到了最後，我們也不再去追究到底是曾經的自己死去了，還是那個人從身體剝落了。

但縱使我無法數算自己已經死過多少回，如今能夠拼湊成這個樣子，也許是那些曾在我生命熠熠奪目的人們所賜予我的禮物吧。

我已經敢想你（篇名取自林宥嘉歌曲〈我已經敢想你〉）

想念一個人的時候，回憶會變得很重，偶而會壓得自己喘不過氣來，眼淚也會像大雨傾瀉不停，可是，即使前方滿是荊棘，相信爲了日夜思念的人，還是願意付出前所未有的努力吧，一如最初遇見某個人時，感覺他是前所未有的美好、特別那般。

他每次都會坐在捷運邊等待我。從我們第一次相遇一直到最後一次，我每回搭乘手扶梯時都能夠見到他坐在那裡等著我。

大概是習慣使然吧，我們分開以後，我站在手扶梯時總會不自覺地朝那裡看一眼，想著，今天他會不會也坐在這個位置，每次都倒抽一口氣，因爲他每回都不在。然而回憶裡的他仍然。

還好想念是會長大的。當我終於承認他已然不存在於我的生命，當我願意去理解當時那些不甘，那麼即使知道前方不再有他，也不哭不鬧，就只是跨過去。

離他已經有點遠的現在，我偶而搭乘手扶梯時還是會往那裡望一眼，但哪怕沒能再遇見彼此，也能夠在每回想起他時，輕聲地說：「嘿，我已經敢想你了。」

生活的方式

懷念的日子裡　作畫
孤獨的日子裡　聽著音樂
在這樣也還有餘的日子裡
就得想起你

——羅泰柱〈生活的方式〉

同行的日子裡，我經常祈禱時間能夠駐留在此刻，可我後來想了想，當我們希望「明天也見面」的同時，是不是就是一種奢侈呢？

每當想起你，我就畫些關於你的畫，那時心裡變得很平靜，一筆一畫填滿那些空白間隙的同時，好像也在一步一步和你道別，是曾經很愛你的。可是愛不了了。在畫布上恣意揮灑不同顏料時，也像是你曾以不同樣貌出現在我眼前，然後就烙印在我心底，留下一幕幕被時間遺忘的畫面。

你知道嗎？我其實很不喜歡應用程式自動推薦的發明，那讓我在離開你以後，還是常常能聽到你會喜歡的歌、看到你會喜歡的劇，那顯得我更加孤獨了。可是現在已經沒關係了，因爲你來過，因爲是你教會我，愛一個人、思念一個人的方式，並不一定要擁有才能延續。

謝謝你，曾是我的生活、我的日常、我的明天。

餘生漫漫

有時我躺在床上，想著那些已經從我生命遠走的人，幾乎都快要忘記他們是如何闖進我的生活，深刻地改變了我，又若無其事地離開。

這世上哪一種道別不痛呢，無論歷經了多少次離別，誰又能眞的對這件事得心應手呢。即便是準備已久、排練多次，或者從愛轉變爲不愛，過程裡不論是經過多少年月，想起分離，仍是苦澀的。

只是有些時候，透過道別，我們才能更貼近自己眞實的樣貌、追求理想的生活，這條路還這麼長，沒有誰是眞的非誰不可的，但我始終感謝那些愛過我的人，也謝謝那些離開我的人，在我蒼白地一無所有時，曾盡力想填滿我心中所有的空缺，曾與我同行想一起走到更遠的地方，那是幾個月或幾年都不要緊，因爲我還有餘生可以去懷念，我們所愛過的時間。

餘生漫漫，我們相互道別，走向不同路途以後，我想要你們知道，不論往後相見不相見，在各自嚮往的人生裡，會有五光十色的風景，也會有風雨晦暝的黑夜，但在盡頭那端，是無盡的思念。

輯三

百轉千迴以後的決定

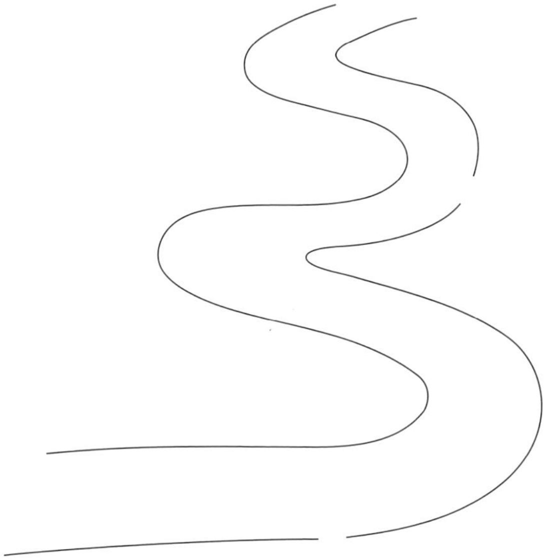

明天太遠　時光太慢
蜿蜒路上　彼此同行
是我們所能做最多的事

有些愛人像山河

Mountain and Sea

跌入奇幻世界

傳說中，每個人的生命裡，一定會有一個小天使，你可能見不到他，但他一定在某個地方守護著你。

小的時候，我相信這世上所有的神話都是眞實的。比如聖誕老公公、小木偶、小精靈、美人魚、外星人，這些我全都相信，並且感覺自己總有一天一定能碰見他們。

我第一次掉牙時，嚇得嚎啕大哭。那時姊姊告訴我，如果妳把掉下來的牙齒，放在床頭的話，晚上就會有小天使來送妳禮物！

那天爲了讓小天使來找我，我早早地入眠。隔天醒來後，床頭眞的多了一封信箋，寫了什麼我其實已經記不清了，只記得我從房裡拿著那信箋興奮地向我的父母炫耀：「你們看！小天使寄信給我耶」、「我就說這世界上眞的有小天使！」

我不太記得父母親如何回應我，但他們肯定沒有戳破我的奇幻世界。

於是往後每一次掉牙，我都沒有再哭泣。

成年以後，我們離開了家，去了不同城市生活。就算回到家，彼此的日常也忙碌得幾乎沒有他人能擠進去的空間。有一回姊姊問我，要不要和她一起睡。那晚，我們聊了彼此的感情、將來，還有小時候。

「妳想像得到三十歲以後的生活嗎？」我問。

「可以欸，就是結婚，然後牽著孩子開開心心地去上學。」

「我很小的時候，想過結婚，但長大以後發現結婚不是幸福的結局，我就沒有再想過了，或者說，我覺得我不會結婚吧。」

「我也沒有覺得結婚就是幸福的結局。但，就是想和一個人一起躺在同一張床上、一起出門上班，回家的時候再一起看電視耍廢，我覺得那樣好日常、好幸福。」

「妳現在的男友，是那樣的對象嗎？」

「是呀！我真想和妳分享他是多麼可愛的人。」在她講述了幾個溫馨故事後，我們結束了這個話題。

「其實小的時候，我總覺得妳的誕生是要來和我搶所有東西的。」

「妳很愛吸引大家的注意，然後大家的目光就都會在妳的身上。」她繼續說。

「眞的嗎？」

「而且，妳小的時候很難帶。」

「小時候爸爸媽媽工作很忙，然後我的印象裡，他們回到家以後，媽媽忙著做家事，爸爸爲了要哄妳睡著，總是抱著妳。」

「那妳呢？」

「我不知道耶。其實我現在想到還是覺得很難過、很想哭。」

「或許是因爲這樣，我才一直很想有自己的家庭吧。」她繼續說。

「一種補償吧。生命裡缺少什麼，餘生裡都在追尋著什麼。」我回答道。

我常覺得自己是在良好的滋養下長大的孩子，一直是那麼認爲的。但我從來不知道，家庭對於姊姊來說，卻是她的坎。也是在很久很久以後，我才知道那年寫信給我的小天使，原來是姊姊。

那晚，我們聊著那些艱澀的、可愛的、不幸的事，明明一起長大，卻又不像是一起長大的兩個人，不知不覺已經不會再搶玩具，也不再睡在一起，我也不再因爲想引起她注意而捉弄她了。

我小聲地脫口而出，「我們眞的是好不一樣的人噢！」

「但我很感謝我的生命裡是有姊妹的。」姊姊回應道。

「我也是。」

三歲的差距，其實不算太大或太小，小時候因爲姊姊總是名列前茅，我想小的時候我一定偷偷崇拜過姊姊，所以老愛和她唱反調，以得到父母的關注。

小小的我，那小小的心思應該是這樣的吧，如果姊姊想往東，我偏偏要往西。即使現在聽起來十分幼稚，但我想成年的她會體諒那是年幼的我表達愛意和關心的方式吧。

長大以後，常常有朋友和我說，和我並肩走路的時候，我時常無意識地將他們往左邊推，一次我和姊姊談及了這件事，她說她的朋友也常說她總把他們往右邊推。得知這件事以後，我總想，怪不得我和姊姊走在一起的時候，從不偏頗或歪斜（笑）。

親愛的姊姊，或許成長的過程中，我們都曾在對方的生命裡打過死結，即使那些長談也無法改變什麼，但謝謝妳成為了我的小天使，保護了我這麼長一段時間。

如果有一天，我們老愛談論的時空旅行真的成真的話，我想回去，抱抱那個小時候總感覺自己孤立無援的妳，和妳說：「謝謝妳，對不起，我愛妳。」

有些愛人像山河

時間不斷推著我們成長，兒時的童言童語在長大後不再能隨心所欲。但每當生命變得極度脆弱、荒蕪的時候，想起家庭，都會讓我感覺自己是無比幸運的。

「我會保護你。」母親時常對著她的法鬥犬說這句話，我和其他家人總覺得很浮誇，會開玩笑地和母親說：「這個家是有什麼可怕的東西嗎？」然後我們一起捧腹大笑。

一次家族旅遊，回程的時候，我們經過了一個很長很長的隧道，就像是沒有盡頭般那樣地長，我緩緩地闔上雙眼，耳裡播著一些懷舊金曲，偶而還能聽見父母親的交談聲。

我很安心，感覺所有愛人都在自己身邊，家人、狗狗們都在我們身邊。長大以後我第一次覺得幸福可以是那樣荒誕又平凡得不可思議，那時我忽然想起原來自己也曾和情人說過，我好想保護你。我其實也明白，他們一點都不需要我的保護，但我還是說了。想了又想，我到底要保護他們什麼呢？或許是希望能夠保護他們的笑容和悲傷吧。

剎那，關於父母親的記憶不斷重播。

一晚，我窩在房裡寫稿，父親敲了我的房門，對我說，「用腦過度齁！」然後端上了雞湯，說是給我補腦的。還有幾次，我若沒有更新社群媒體，他們便會向我傳來訊息：「最近怎麼都沒更新文章」、「心情不好嗎」、「怎麼了？妳回來我再安慰妳」……那次回家，母親爲我煮了我最喜歡的蛤蜊湯。

有幾次因爲這樣的小事淚目。儘管母親總會偷偷和妹妹說，「說眞的，妳姊在寫什麼，我都看不懂。」但我想那就是愛了吧。即使我們不能完全理解對方、即使世代之間有著難以橫跨的隔閡，只是愛裡面的代溝有時也需要時間去調適，我可能也要花上二、三十年才得以明白父母親的愛，或者可能我一輩子都無法體會。

還有一回和父親並肩走在一起，我不經意勾了父親的手，明明在兒時是如此稀鬆平常的事，在那一刻我卻忽然覺得陌生。長大後，他們忙著工作，我忙著生活，轉眼間，父母的臉上又多了幾條皺紋，又長出了幾根白髮。

從小到大，我未曾眞正付出過什麼，只是單方面地接受他們給予的愛和照顧，心裡有些愧疚。父母親以最好的年華呵護著我，然後再一次又一次地送走自己。有時候想，什麼時候才能回報他們的愛？只是總有一段時間，是我無論如何努力也追不上的，我的成長，相比起父母親年邁的速度，總是太過於緩慢和後知後覺。

而我到現在才越發明瞭，想守護一個人的時候，一生也不足夠吧。

父母親的故事，我不知道應該從幾歲開始說起，但我從來沒有懷疑過他們的愛，更清楚明白自己能夠耍賴、能夠成爲有稜角的人，都是因爲我懷擁著許許多多人的愛和豢養。他們讓我知道，當生活像野獸不斷腐蝕自己，使我感到疲憊不堪、精疲力竭的時候，只要回頭看，他們就像山河般，杵在原地爲我加油，好似不論我走得多遠，他們都不曾離開。

請把我寄到遠方

我們的交流是信件
我寫了無數封信給你
偶爾你也會　寫給我一封信

後來我常想
假如我只是一封冗長而繁瑣的信件
也能被你拆開然後反覆閱讀嗎

如果可以的話
請把我寄到你身旁好嗎
別讓我的思念居無定所
讓我駐留在你門前的一隅吧

即便飄洋過海足以流離他方
即便車轄鐵盡足以迷失方向

也請把我寄送到你手上好嗎
儘管我只是過渡
只是偶爾被需要
也請讓我悄無聲息地安放在你心中
很久
很久

相愛的一百種方法

100 Ways to Fall in Love

我寫下了幾篇關於友人的故事，以此紀念他們愛人的方式。

我好想告訴大家，受傷了也沒關係，因爲我們總是有機會好起來。不要因爲害怕失去而不敢愛、不願意去愛，不要因爲害怕受傷而吝於付出和給予。能愛的時候，就不要只說喜歡；只有喜歡的時候，也不要誇張成愛。

我一直覺得，在愛裡頭，是不能太過於清醒的。過於清醒的話，我們會變得太會算計，太計較公平與付出。但能加以算計的愛不該是愛，因此昏昏欲睡。

「牽著你走過，大雨盛開水花的路口，也是我一樣喜歡的夢。」

——〈不是因爲天氣晴朗才愛你〉

你說你討厭下雨天，卻願意陪著我漫無目的地走走停停，無數行人穿越過我們身邊，我卻絲毫沒有感受到時間的流動，只一邊交換彼此手中的雞蛋糕和茶，一邊交換著愛。

每當漫步於車水馬龍，只要牽著你的手就不怕迷路。有時我想，這世上來來去去的人這麼多，我不曉得這樣的小事情能讓我們開心多久，可是這一刻，我覺得自己好幸運又好幸福。

Mr. Brownie

和你在一起的日子我也經常感到傷心，但你就像苦味的巧克力，總要在尾端才能嚐出其甜味。

那天我們挽著彼此的手逛著市集，一家手作蛋糕店吸引了我的目光，布朗尼蛋糕使我垂涎，然而月底幾乎潦倒的錢包讓我不得不打消貪吃的念頭，我明白布朗尼不該是生活的常備品，因此繼續往前走。

「妳怎麼不買？不是想吃嗎？」你問道。

「沒有啊，只是看起來還不……」話還沒說完，你已經跑向攤販，又興沖沖地拎著一袋布朗尼回到我身邊，捏著我的臉說：「不要連吃的錢都要省，傻瓜。」

那瞬間我突然覺得這輩子非你不可了。所以我決定了，不論未來的日子還會遇上多少苦難，我永遠都不要忘記這樣平凡而簡單的甜味。

布朗尼先生，我想和你說個秘密，假如哪天我們不小心走散了，請你要記得，我愛你遠勝於布朗尼蛋糕，而你是我人生的必需品。

永遠不會衰老的事

我想我愛上大海的原因，是因爲每當遇上海，總感覺少年就在不遠處也等待著我吧。

「我說的是認真的喔。我常常幻想，假如某一天，我們一起住在近海的城市，一同甦醒和入夜，長長久久地生活在一起。每個清晨、每個晚霞，我們談著今天，還有數不盡的明天，就連那些很小很小的事，我也要說給妳聽。」

「像是什麼？」

「我很愛妳。」

因爲工作的關係，他經常不在國內，一年有一半的時間都在海上漂流，一起買的家庭號果汁他總是喝不到三分之一就遠走、再多有趣的事也比不上他在我身邊來得歡喜，每次分離前，總要他留件衣服給我，讓我能在沒有他的日子裡，留下些許他的氣息和香味。

有時我不禁懷疑，這樣的等待眞的有盡頭嗎？只是見他面容疲憊，卻盡力想逗我開心的樣子，我也就願意相信，現在所經歷的都只是我們的過渡。所以下一次，等到那天到來的時候，我想在他的懷中，和他說一些永遠不會衰老的事。

「我也愛你。」

——

對我來說，相愛是當我們遇見某個人，哪怕只是輕輕地擦肩，哪怕只是夜裡的一聲嘆息，你就是會知道，那個人正在用盡一切方法去疼愛你。甚至無須言語，便能從他的眼裡辨認出自己。

我從友人的眼裡，見到了他們愛人的樣子，和我相似卻也相異。但相愛的方法不會只有一百種。遇見一個人，學習愛的方式也絕對不會只有一百種。

因此即便某天我們不小心和愛人走散，我也深信會有第一百零一種相愛的方法：或許在另一個完全顚倒的世界裡頭，我們是在一起的，過著和現在完全相反的生活，那裡不再有遺憾，也沒有人哭泣或者懊悔了。

若眞有那樣的世界，我想再聽一百次你愛我的聲音：是爲我擋雨的滴答聲、是睡前爲我唱一首歌、是你的聲音將蔓延至我往後的時光軸。那麼我也會相信那些同行的日子，未曾老去。它們活在我們愛過的時空，繼續唱著我們喜歡的歌、讀著我們鍾愛的床前讀物、在玄關接吻擁抱、在彼此耳邊絮絮叨叨。

暗戀

喜歡走在你後方
偷偷眷戀　你的背影
你回過頭對我笑
我就願意相信
影子和影子之間　會有交集

將網路關掉　從頭到尾
我們的對話紀錄看一遍
原來我已經　複習了千萬次
說愛你的時刻

等你也說愛我

你不會發現
我總是向天許願
希望我們能比想像更深厚
比明天更恆久

你不會曉得
你說的話都還尚未扎根
卻已經種出花來

日常裡的秘密

The Daily Secret

我喜歡和你分享日常的瑣碎，比如吃了什麼樣的早餐、午餐和晚餐，比如工作上遇到的趣事，比如生活碰上的難題，比如最近看了什麼樣的電影或影集，比如我們向彼此道了無數次的早安和晚安。

我一直沒有告訴你，當你說喜歡吃牛奶麥片的時候，我已經想好了將來要一同起床，要煎著吐司，然後爲你盛上牛奶，我們並肩坐在一起，你看財經新聞，我讀著散文，只是靜靜待在一起，也感到安心。

我也來不及向你說，每當夜深人靜，我總是忍不住想問問你，是不是已經睡去。每個夜晚，我都希望，你的夢鄉裡也能有我的身影。

只是韶華如駛，我們的相愛只在倏忽之間。後來的日子，我過著再平凡不過的生活，但始終感謝我們的相遇，謝謝你教會我，比起去愛人，我更應該學著愛我自己，即使是老生常談，那也是畢生的功課。因爲更多時候，愛他人比愛自己要容易許多。

偷偷跟你說噢，我已經不太會痛了。我每天都在前進和成長，認眞地上班、渴望著寫作、充滿好奇心地看世界，每天我都願意，再努力一點點，終於不再爲了誰而駐留在某個街角、某場相遇，某些稍縱即逝的時光裡頭。

一次回家路上，巷口在盡頭那端發著光，便興沖沖跑過去拍照、被撲鼻的香氣吸引，意識到自己尚未吃晚餐，就走進去點了一碗麵來吃。吃到一半的時候，老闆端了一碗水果，說是請我吃的。雖然不是什麼重大的事，但一想到自己可能再也不會走到這個巷口、也可能再也不會來到這間店了，就感到無比溫暖，所有的善意都應該要感恩。

走進咖啡廳，喜歡空間裡飄散的香氣，老闆娘說下個月要歇業了。雖然是第一次來這裡，卻仍爲此感傷，可是這世界，又有什麼事能持續直至永久的呢？只要是人做的事，就不可能有恆久不變的事情的。但那些時刻曾在心裡發亮，往後，感到疲倦時打開那些瞬間，它還是金光閃閃。

你知道嗎？漫長的一日之中，我最喜歡月光灑落的時候。暖色調使我們看不清因對方而受傷的輪廓，卻讓月色光亮了那些絢爛時刻。如此一來，愛過的記憶便能填滿所有你不存在的時間縫隙，哪怕我不曾向他人開口，想念也會不知不覺蔓延於我生活的每個角落。

現在我的愛越來越小，想瀰漫至整個日常。比如翻著書本的扉頁，躺在床上輾轉反側無法入眠時，坐在咖啡廳裡聽見你最愛的音樂時，走在人潮洶湧的街頭和他人擦身而過時，我總是會想到你，想到我們懷有著太多無法向他人脫口而出的秘密，一旦成爲了秘密，這份關係就變得迷人了。

你說爲什麼日子裡有那麼多你的軌跡呢。可是你那裡，是不是已經沒有了屬於我的蹤影？我也會成爲你日常裡的秘密嗎？我好想知道。

可是我怕，那些愛在經過這麼長時間的沖刷，就算你回頭努力去翻找，也不過是捕風捉影了。

但假若閉上眼睛，那些細碎的聲響彷彿還在我們耳邊盤旋，比如：謝謝你、我想念你、我愛你，宛如還能望見那些珍貴的臉孔和回憶，那些令人感覺扎實、幸福的日子。一如我們最初相識那天一樣。

日子是百轉千迴以後的決定

The Present is The Present

「好想和世界請個長假。」最近一直出現這樣的念頭，把自己幾乎要逼到絕境。但世界從來不會因爲你難過，就停止轉動；時間也不會因爲你哭鬧，就停止向前。我們能做的只有武裝好自己的心，不需要把愛藏匿，不需要故作堅強，但也不能軟爛。

只有正視自己的情緒才能走出迴圈，即使現在才明白，很多事若要有所成長，就得經歷相應的痛苦吧。所以還是讓我痛苦吧，若那是我必須面對的課題，若那是我所嚮往的未來，那麼我不會逃避。

以後也可能會再次質疑自己，甚至懼怕那些選擇是錯誤，而愧對愛自己的人，可是如果我現在不好好過日子的話，就枉費當初那麼認眞、那麼努力的心意了。

儘管現在還不甚理想。的確，還沒準備好、很多地方都還不足，但是又有什麼關係呢。因爲答案清晰可見，你知道你從未打消過念頭：好比學好每一件事、好比永不忘記眞心的人生。

所以滿載的負面情緒也應當煙消雲散，我們還會在途中看見更高的山、更美的夕陽、更閃耀的星星，還有更加溫暖的人們。

日子不應該是我們的毒藥。日子是禮物，是祝福，是百轉千迴以後的決定。

——

曾經以為成長不過是那麼回事。一個人在國外生活了下來、碰到危險也學會只報喜不報憂，受傷了還是說沒事，夜晚卻獨自蜷縮在被窩裡哭泣。生命裡有很多時候，我們以為不會有人再觸及到的傷口，當它無預警地再次出現於日常，仍痛不欲生。

「是我不夠知足嗎？」

「可是我已經很努力了不是嗎？」

總以為敏感是自身痛苦的根源，時常讓我難過得睡不著覺，什麼事都使我敏感，對於碰觸到悲傷的能力極高，只是後來才發現不是那樣的。因為我的敏感，也時常讓我感覺自己是全世界、全世界最幸福的人。

所以呀，我不會再說我的人生是淤泥了。我的人生，偶爾也是會出現彩虹的。

我覺得人，應該不是爲了長久的幸福活著的，是爲了那短暫的、曾感動過的時光而活著的，儘管只是片刻的歡愉，但只要曾在心裡許過永恆，它就會歷久不衰地住進人的心裡頭。

——

說成長的路途一帆風順，一點也不艱難肯定是在說謊。

我遇過許多需要和現實權衡的情況，時常在同個迂迴裡打轉、反芻、陷入迴圈、自我懷疑，無數次感覺自己要被人群所淹沒或汰換。漫長的黑夜裡，生活是夢魘，讓我一天也無法睡得安穩。愛是惡魔，苛刻地提醒著我的不足。

你知道總會有這樣的日子的。無光的黑夜裡打算和悲傷綿延一生，當我越是想把日子過得充實，換來的卻是無盡的空虛。

但不要怕，黑洞的盡頭一定會有光的。那道光不是來自於他人的拯救，而是我們自己。當我們願意認同自己、相信自己、接受自己的時候，那些面對世界的眼光就變得不足為道了。

所以這一次，我只想用心做好每一件事、深愛著當下、珍惜眼前的人，不再去計較他們的來去。

我沒有信仰，但此刻卻無比感謝上天。如今終於明白祢給予我的考驗，或許祢堅信我一定能回答出來吧。無論正確與否，都謝謝人生裡的課題，曾賜予我快樂和悲傷的權利，讓那些溫暖的人不無時無刻安慰著我生命裡的空缺。

假如還能再愛一遍

If We Could Love Again

我想你從來不曾想過會有今天，沒有想過那些痛苦和眼淚，都只是爲了回到像今天這樣的日子。

如果他們都罵我笨、笑我傻，我才不要介意這麼多。因爲只有我知道，眼前驕傲的你曾醉酒迷航，要我把你牽回家。

明白未來的路不會簡單的，但走向你的每一步，我都小心翼翼。我也害怕你愛的不過是我的退讓，可我更加害怕丟失你，害怕再也遇不見如你一般，使我的心能夠怦然第二次的人。

愛裡有太多可能了，所以我不要計較過去的眼淚和傷口，我要擁抱你，把這一年多我們受的傷修補再和好，我要和你重新愛一遍。

你是奇蹟吧，從你在電影院裡頭，輕聲地在我耳邊問道，要不要和你在一起的時候，從你背著我看海，突然感覺自己恍如能陪你走到世界盡頭的時候，我就知道了。

相比起愛

想起一些曾經重要的時刻
是現實沒有辦法　再回到的那天
就像我也無法坐著發呆細數從前
就像即使留念也不願意停下腳步
想你

你看　又過了一天
我是否也曾
在你不經意的時候
偷偷地跑到你的腦海裡
在每個你屏氣凝神的瞬間
悄悄地住進你的心裡面

我知道你的理性會將她給丟掉
就像我一直明白
我們的愛　從開始就沒有未來

即使你總說
這個世界還有太多可能
但我沒辦法想這麼多
至少今夜不行

畢竟人生還有許多事是如此重要
比如工作
比如學習
比如你不愛我
比如
比如
回家投票

——記於二〇二〇年一月十日總統大選前夕。

輯四

光速般的夏夜

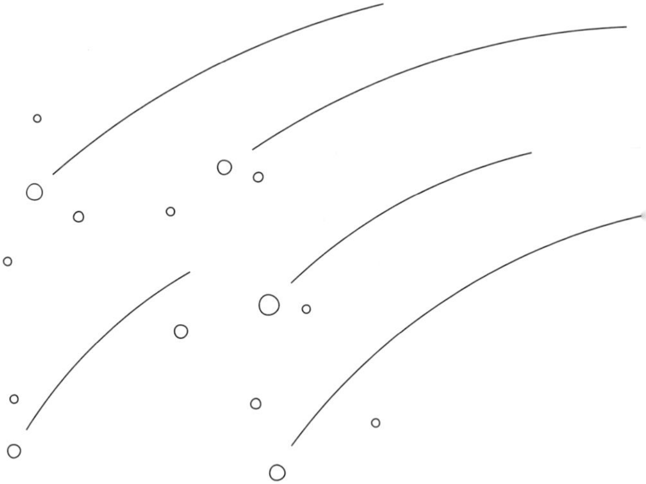

當你的蟬
或是飛蛾
在黑夜裡等待孵化
在夏夜　用盡一生
為你光亮

鑑賞期

談場有期限的戀愛怎麼樣
我們的鑑賞期是三個月
你說沒有人會想談場注定分手的戀愛

我說所有事情都是因爲沒有期限
才任意揮霍的
要不我們試試看吧
你點頭說好

我要我們這樣相愛：
你會牽著我的手搭上公車
我們要坐在最後邊的位置
這樣偷偷親吻也不害臊
我要帶你去我們家附近評價四點五顆星的火鍋店
店員說你長得眞好看所以不幫我拿甜筒只幫你拿
店員說下次再來吧　我們都很清楚再沒有下一次

日落的時候　你會抱著我親吻我說愛我
沿路的小貓都爲我們的幸福喝采
你說巷口新開了一家咖啡廳　下次一起去吧
我們在那什麼也不做只看著對方就感到幸福

你說小時候最喜歡的電影每次看每次哭
我笑著說要點掉你的淚痣
但在那之前　要和你一起看那部電影
那樣才能在你流淚的時候抱抱你

你送我回家的路上我應該會哭一場的
你問我爲什麼　我堅持不告訴你答案
只給你讀一首詩

那首詩應該是這樣的：
「……昨天是很好的　你是很好的
我不願意用這些去換來不確定的明天」*

夜深了你說你要走了
沒能實現的承諾很抱歉
你說的話太少了少得讓我不禁懷疑
我們從未相識甚至從未相愛

本以爲有期限的愛會讓我們更珍惜彼此
沒有想過我們的貪心和自以爲是的小聰明
會讓情感變得貪婪又複雜

本以為會消逝的事物應是稀有而珍貴的
沒有想過因為提前告訴了你消失的期限
所以你　一直在練習失去我

於是在有期限的愛裡
我們連鑑賞期都不到
就堅持退貨

＊出自葉青詩集《下輩子更加決定》中的〈明天之前〉。

致我逝去的盛夏

Summer Love

七月曾是那樣的日子。

你總開玩笑地對著我說，妳到底是不是鬼呀？

我疑惑地向你問道：「爲什麼？」

「那不然爲什麼妳這麼了解我？」你繼續說，「不過妳比鬼更令我害怕。」

「什麼！」

「因爲妳是可愛鬼。」

聽說對世界存有執念的人無法投胎，可那時我就決定了。我要帶著這些故事老去，和我共同埋葬，讓那些沒能說出口的話成爲秘密。

你總說你想更了解我。我說這很難的，沒有人有辦法眞正理解一個人。爲此，你甚至去看了一部我非常喜歡、但其實多數人都無法看下去的沉悶文藝片。那時候，我並不知道你愛我。

和你通電話的時候，你哭著在話筒裡道歉又道謝的那晚、哽咽地說不會忘記的那天、一邊擁著一邊哄著要我別生氣了的那些時候，我都不相信你眞的愛我。

「下次見面的時候，你一定要和我說當時沒有告訴我的話。」

「好。」

那天你眞的說了很多我從未想過、但你卻反覆思考過的問題。你還記得你說了什麼嗎？我常以自己的記性爲傲，可是如今，我幾乎想不起來你說了什麼。我們都被無形的時光給帶走，最終只留下你寫給我的那些書信、一起買了太多卻尚未吃完的零食、你爲我細心挑選的貝殼耳環，只剩下那些有形的物品來證明你曾在我生命裡活過。

曾對於那些情感措手不及的我，到了現在才懂得，原來那都是愛。

可那些都已經過了有效期了。從今以後，即便一再地用文字將我們的故事搗碎，也不會有人發覺了，不會有人知道，那個盛夏，我們很愛過彼此。

就這樣一年了。

提筆寫下你的時候，我沒有哭。心裡意外地平靜，那時我就知道，即使未來再回想起你，心裡也不會有漣漪了。

分開那天，你說，我們一定要再見面，等到我們再次相見，一定都會是更好的樣子。

可是你不知道，直到那時候，我們也早就不再愛彼此了。就像現在，當我敲打著關於你的字，當我談論起你，也不再是此時此刻，都是些陳年舊事了。

甚至，若不是偶然翻見去年的照片，我早已忘記今天曾是什麼樣的日子——我已經離愛你的時間非常遙遠了。遙遠到，我不再能眞正同理那時的自己，更像是在說不是自己的故事，不知不覺我也成了自己故事的局外人。

鬼月快結束了。

假若我曾是你的可愛鬼，還能再託夢給你嗎？你會赴約嗎？不過這麼聽來，是不是有些可怕。但請你放心，我從未想過要打擾你的安寧，我一直希望我們能在沒有彼此的人生裡，各自地老去。那麼我們也算是一起變老了吧。

但要是你夢見了我，我想和你說，假如你忘記了我們曾有過承諾，其實也不要緊。這些愛和故事，就算只有我一個人記得也沒關係。因爲親愛的少年，你可知道，我在愛上你的時候，明知前方是塵埃，卻仍執意地墜落。

但我從來不後悔。因爲這一年，我做到了很多自己一直很想做到的事，都要謝謝你送給我一雙看世界萬物的眼睛。

秋天來的時候，我們也把愛一起埋葬吧。這樣冬天就還能在火爐面前，眼看那些回憶漸漸地灰飛煙滅，卻再也不害怕寒冬了。因爲那年盛夏有你。

栽種愛的小園丁

你是栽種愛的小園丁
你在愛我的時候　是一點一滴灌溉的
像是那些細碎的聲音　早安晚安
離開的時候　卻是一聲不響
毫無預警

分開那天
你問我有沒有想實現的事

買一束花送我好嗎？

不要買乾燥花　不要買不凋花
不要買會恆久的花
請買一束鮮花給我

不用特地挑選
車站旁不是都有人賣花嗎
我們假裝
是那些不願意分離
在車站緊緊相依的情侶

我們假裝相愛　假裝花是愛意
是只屬於情人的禮物
只有我們知道這束花的花語
是我們要失去彼此
花離開土壤之後便會凋謝
待花凋零直至荒蕪
就是我要忘記你的那天

你是栽種愛的小園丁
你在愛我的時候　是一點一滴灌溉的
等我變得美麗了就摘下
你從不考慮我會不會枯萎凋零

所以離開的時候
請買一束花送我
請你像愛花那樣
愛我

事過就會境遷

那時候和你一起
聽過的歌　愛過的電影
就那樣被塵封在過去的回憶裡
再也喜歡不起來了

有些事情好像就是這樣
日子一久
曾以爲會永遠牢記的事
也變得模糊不清

愛了很久的人
在轉瞬之間
變得陌生也是常有的事

我們學不會的事太多了
而我能給的愛
始終
太少了

光速般的夏夜

因距離而產生的美感
在親近以後變得平凡
太過於虛華
反而加速了離開的速度

而我們屬於後者

如果物理距離
我們仍然在一起
我應該如何數算
愛已經離開我們的時間

假如心與心的靠近
有限期
你能不能
再走得緩慢一些

等我追上
曾相擁彼此的
那個夏夜

你是名為青春的一場雨季

The Wet Season

有些人只會出現在我們的青春一回，卻在那段年幼無知的光陰裡留下了太深刻的皺褶，往後當我們翻到這頁，都會捨不得快翻過去。可是我好怕停留得太久，一不小心說了太多話，爲彼此加上太多註解的話，眼淚會像雨滴嘩啦啦地掉下來，浸濕了這本我們曾一起寫的書。

我怕一旦我們的目光變得模糊，就越來越難辨認對方原來的模樣了。

「下次下雨的時候希望妳能想起我。」

「爲什麼？」

「那樣妳才不會忘記我們一起撐著傘走回家的路，怕妳又迷路了。」

前陣子一直下著午後雷陣雨，就想到了連夜下著傾盆大雨的那陣子，我剛搬新家，還不太熟悉家的位置，你總會陪著我走回家，或許是因爲這樣，所有關於你的記憶都是潮濕的。開心的時候也好，難過的時光也是。

還記得那天我們一起去看了海，我們約定好了下次的旅行，我們在太陽雨下唱著歌，談天說地，有共鳴地歡笑。我暗自祈禱，但願這場雨能下得再久一些，好讓我偷偷地和你在傘下靠得很近、很近。親愛的，假如你只是一場滂沱，那我希望這場大雨永遠都不要停。

每當下雨的時候，我都會想起你陪著我回家的那段路，在雨中和你打鬧，故意和你搶著傘撐，水花濺到我們身上的時候、你淋著雨大喊我的名字說會喜歡我很久很久的時候，我常在想，在小小的傘下，我們的餘光裡全是彼此是一件多麼浪漫的事情。

最後一個關於你的記憶是我們分開那天在街上吵得不可開交，誰也不願讓步。諷刺的是，那天也下著雨，可身旁已然沒有了你的嬉笑聲，也沒能在傘下一起唱我們最喜歡的歌。或許曾爲誰而眷戀的那場雨季，曾爲誰而依戀的某個季節，也總有一天，會因爲他再無法安然無恙地度過那些時日，尤其是那些時光所伴隨而來的回憶以及想念某個人的原因。

我說你呀，是一場突如其來的雨季，來得猝不及防，也走得不明不白。

親愛的，我曾許過願，希望這是一場永不停歇的大雨，但是許多時候，愛情也不過是如此而已。我多麼希望，從今以後，即使是細雨綿綿，也不要再有你的影子，那也就不會，在漫天烏雲下，還存著我的淚水。

我的青春是一場雨季，還沒來得及四季更迭就消逝；我的青春是你曾陪我許過永遠，卻再也無法兌現。

和你一起追夕陽

只要你也願意
我們可以
在夜幕來臨前
一起追一次夕陽

你會像黃昏一般
短暫地絢爛
卻在我心中
劃下了永恆

而我仍會在每夜
向月亮祈禱
你再次歸來的那天

無法抵達的星系

在最不應該想念你的時候
想起了你
慢慢發現那些曾炙熱過的話語
全都失了真

很想怪你
也厭倦那些太好的時光
要是過得太幸福
總是擔心苦難的降臨
好似這些都不是長久的
也不該是屬於我的

像我和你說過的那樣
都會消失吧
愛會消失
我們也會消失
你總是要我堅信一切都不會消逝
愛不會
你也不會

你其實很像流星

是我許願了很久才成真　宛如奇蹟般的事
看似美好耀眼　漂亮遙遠
只是了解過後才發現
那不過是隕石接觸到大氣層的摩擦
而發出的光芒

然後在最美的時候
銷聲匿跡

一千零一夜

每個人的生命裡都曾有過流星
我們對著他們許願
他們一剎而過
卻被人們猶記於內心

曾以為
太美的世界是天方夜譚
太耀眼的你是曇花一現

只是
很久以後再拿出來看
會發現那裡
都曾有過真實

我許下
第一千零一個願望：
曾有過的愛意
不應是海市蜃樓

輯五

深不可見的海底

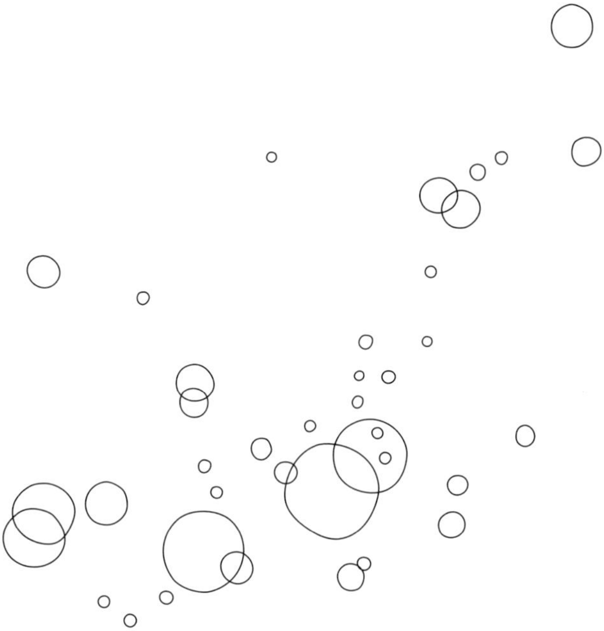

我們躲在
水裡呼吸吧
即使擁抱
也冷冰冰的
彷彿永遠也無法
觸及對方

他是那樣的青年

他是那樣的青年
英俊瀟灑無所畏懼
初見時
我就敗在他的笑意

他是那樣的青年
談愛的時候
眨都不眨眼睛
落幕時
也沒留下太多眼淚

他是那樣的青年
以菸草混淆了愛
昏昏欲睡時
願意承諾卻不信守

他是那樣的青年
我義無反顧愛上
卻從未想和他有過未來
只是不甘於自私的敗壞

他是那樣的青年
要我信愛
卻教會我
慾望才是
愛的本能

直到我不再透明

I am Not Young Anymore

透明的人，都曾夢想過成爲不透明的人吧。只是，直到我們終於成爲不再透明的人，才發覺透明是僅有一次的權利。

你曾說我是水，哭著道歉自己弄髒了我，汙染了我的顏色。我曾以爲愛是混濁的灰，不再非黑即白，後來才知道像經血不小心沾到被單，是血色。也曾以爲是愛玷汙了那段時光，如今才發現是我們玷汙了那段相遇、那場愛戀。

好多年以後才聽懂當時你說過的話。當我不再清澈，沾沾自喜自己的成長，才恍然自己再沒有了那份純眞，當我大肆宣揚自己是個大人的時候，也不過是把女孩的幻想一一抹煞。

初識你的時候，你是那麼好的孩子。那時候的我們，一起看到了世界的美好和遼闊，總是一起笑也一起哭，承諾彼此要一起走到很遠很遠的地方。那是一想起就能會心一笑的時光，是一段眞切地給予愛、確實幸福過、無比相信永恆的時光。

只是因相愛而得的那些了解，並沒有讓我們更珍惜彼此。後來的我們，以愛之名，將對方推進了火坑。

——

離開以後，那場惡夢還是纏著我不放，像極了餓死鬼，不斷朝我這裡索求。

有些日子就像洗不去的印記，鐫刻於心中，日復一日、年復一年，而每當這樣的夜晚到來，我總是懼怕於再次夢見、哭著醒來，總是有那麼多的恐懼。

我很無奈，也感覺自己相當無能。某些碎掉的日子還是會一再地重演，每年一次，提醒我要回到過去。你的生日更像是過去的我的忌日，要我哀悼、要我悲傷，要我再死去一次。

時光流轉以後，在路上不小心碰見你，我還是全身發抖；我不知道幾千個日子過去，當我聽聞你的近況還是會頭皮發麻，我感到徬徨，更加無助於再次跌入深淵。年齡漸長，傷口卻日漸加深，我看著它結了痂，又再次腐爛，那裡的皮層就像壞掉一樣，我心裡的某個部分也像是死去了一樣。

我知道我不再愛你了，留下來的都是苦痛，可是我仍然不平衡，也很不甘心。我很想原諒、很想祝福，很想說我不憎恨，我不怪誰了，可是我無論如何費力都覺得疼痛。

——

幾年前躺在你的身邊，我誤以為幸福離我好近，卻在沉睡之中被一場痛驚醒。

「我愛妳。」你喘著氣說道。
「我眞的好愛妳。」

我沒有回話。

假如這是愛，那我是不是得更愛你？否則為什麼，我感受不到愛，只感受得到疼痛和撕裂呢？爲什麼世人說性愛是神聖、歡愉、是愛人最親密的碰觸，可我怎麼覺得，那天晚上，我死了千千萬萬遍。被當時我最愛、最信任的人。

那刻，我感覺我的愛、我的全身都變得汙濁了。如果你仍然說我是水，那我也只不過是一灘汙水。我從沒想過，美好和暴力能並存於一份關係，無論過去我如何小心翼翼，有些愛還是成爲了傷口。

這幾年，我從一些人的懷抱裡待過，又逃開。我始終不知道這樣的痛苦我能向誰言說，我害怕驚擾，也懼怕當我一說出口某個人就會離開。曾以爲能得到誰的救贖，卻在期待又得到以後，才恍然那不應該是他人的責任，是我的責任。

我清楚知道這份故事的重量，因此我寫了又寫、刪了又刪，甚至想過放棄。我怕一不小心傷害了誰，也擔憂不堪的日子再次席捲而來。可如果我一直不寫下來，這個故事將會伴隨我一生。我不願意。

「你可知道對我做過什麼最殘忍／就是你狠狠把我一夜之間變成了

大人／奮不顧身的天真／瞬間化成一路走來的傷痕／我悼念我的笨愛人／你太知道害一個人／怎樣害一生／你在他乾淨無菌主題樂園／加進了壞人／可憐無邪那顆心／突然明白自私一點不過分／勝於為你自焚」——林宥嘉〈天真有邪〉

從那之後，我不太敢談愛。

我給不起的愛，便說那是你留下來的罪過，是給予我的懲罰。可是，當我不再清澈，我還能再次擁有幸福的權利嗎？就好像，當我遇見另一個人時，我甚至會因為那人太過於透明而感覺索然無味。

直到那晚你打了通電話給我。

「對不起。我眞的好想妳。」你的每一句話語都是帶著哭腔的。

你的電話像一種醒。或許一直以來沒能從那場惡夢裡甦醒的原因，是因為一直沒有得到那句道歉。你說你也痛苦的時候，我不明白自己為何竟感覺是種解脫，感覺一切都變得很輕。可是那些過往還是好重。你哭著道歉，我也只能說沒關係了不是嗎。

「沒關係了。以後不要再打來了。」掛了電話以後，我把自己關在房裡，我眞的原諒了嗎？我不清楚。

即便痛楚仍然清晰，但某一部分的我、某一段最純潔的時光，全部都給了你。

所以你不要再哭，不要再活在那場痛苦裡頭了。那個從回憶裡死去的她會心疼的，但她已經不再透明，也無法再爲你拭淚了。我曾埋怨、曾不甘、曾感覺生不如死，但沒事了，就當那都是愛吧。曾使我碎裂過的人，也曾試圖拼湊我、曾完整過我。

你會看到這裡嗎？如果看見了，只想和你說沒關係了。傷口結痂以後，總是會好的。你不要太在意我身上的疤。

我承認。那份愛曾讓我苟延殘喘，那些謊話曾使我心碎得無以復加。

但我是抹滅不掉的，不論是那場惡夢還是你來過我心上的事實。正如愛是無法刪去的記憶，身體裡的某個部分，一旦曾包覆了你，後來聞到相似的氣味，都會回想起那天。

你的菸癮是不是戒了？你還總是鬧著脾氣沒完嗎？

你曾說喜歡我是因為我很溫柔又很勇敢，我始終分不清那是真話還是假話，也不曉得我應該要如何溫柔才能原諒那些曾經讓我、或者現在仍使我碎裂的記憶。

你記得我曾向你說：「有時候不原諒也是一種溫柔哦。一種對自己的溫柔，所以不要逼自己，要誠實面對自己的心。」現在我能把這句話還給自己嗎？我不足夠強大到能原諒你，但我永遠都要對自己的內心坦承，我想成為更真誠的人。

你知道祝你幸福，實在艱難。但我真心地希望你能在未來的日子裡好好地、健康地愛人。

我們就當那一切都是一場夢吧，雖然愛不該像一場夢，但我們就不要追究那麼多了好不好？我們不是需要追究那麼多的關係。曾經不是。

那份愛雖然畸形，但是謝謝。你給過我的我還是感謝。

現在的我，已經擁有了太多不願放棄的事物，也遇見了太多太好的人，當你被埋葬於記憶深處，我心裡的結也應當解開。總有一天能痊癒的。我知道我可以的，會好起來的。因爲我還有很多很愛很愛我的人，我也好希望能那樣愛我自己。

想和你說，以後做惡夢也不會哭了。因爲不論是好是壞，我總歸是會醒過來的。

——謹獻給所有曾透明的人，願你堅強、獨立，而後重生。

來比賽，誰先醉倒

大人的遊戲開始了
不喝酒的人請登出遊戲

狀態設定爲酩酊大醉
迷茫又暈眩地行走
哭鬧能力値不均　技能尚未點滿
對於伺服器毫無選擇的權利

你爲了裝備、隊友還是公會
玩到淚流了嗎
誰讓你玩遊戲這麼認眞的

沉沉地睡吧
半夜驚醒的話就大哭一場
或笑得像個毫無防備的孩子
隔天醒來
請再次登入遊戲

不醒過來的話
放心吧
誰也不會拉著你起床

就只是被遺忘被拋下
或者讓他人失望

你說
到底醉酒的人失態
還是滴酒不沾的人
未曾見過世界呢

請不要問太多
關於遊戲關於人生
或者醉酒的問題
因爲他們的答案始終如一

況且只有孩子
才總問爲什麼

但沒有人問
大人爲什麼
還總玩遊戲

若過去是劫

If The Past Still Hurts

隔了好多年再次來到這裡，我感覺自己變了很多，又好像什麼都沒有變。這裡原先是我再也不想來的城市，因爲近乎所有的回憶都與你有關。坐在公車上的時候，經過你的大學，手機正好播到我們一起喜歡過的歌：How long will I love you，和你看海的回憶不經意就映入眼簾。

曾是那般親暱，漫步於你的校園，以爲牽了手就擁有明天。吻過你的唇，霸佔過你心裡空間的每個位置，然而如今都是離我太遠，太像夢魘的事了。

人是什麼時候意識到自己不可能和親近過的人毫無關聯呢？

清楚知道自己早就不再愛你，卻仍爲了那段過去感到傷悲，可是愛曾是那般甜美，可是遠看海水是如此湛藍，我們又何必回首，何必近看那些浮游物是如何混濁了彼此呢？

若過去是劫，只願我們都能不悔那段時光。

我曾擁有孩子的目光

已經遠走的人在前方
向我招手
可我越走越不確定
越怕那裡其實
沒有屬於我的位置

憧憬的未來還沒抵達
我能率先醒過來嗎

「醒過來吧
放棄那些愛放棄夢想
過大家都在過的人生」
大人都這樣對我說

爲什麼歲數增長
以爲看到的世界越來越寬廣的時候
我的生命卻比那些年幼的孩子還要無力

我偶而羨慕那些孩子
未曾見過世界的眼睛
見得太多了

什麼都變得艱難了
懂得太多了
什麼都會淪爲自私的選項

現在才理解
當我固執地想談夢想談書寫談自身
其實是因爲
那時我無須擔心生活的一切

生活是黑洞
每天偷走我靈魂一點點
直到我也變成和大人一樣的怪物
我再也談不起那些太光亮的事了

當孩童天真地問爲什麼
他們所說的風、談論的超人
我已經讀不懂了

卻還自欺地說
我都懂

所有人都曾是那樣的孩子
可是我的生命
就要變成泛白的了

啊
他們說我現在
也是大人了

愛的罹難

每一次都是逃難
每當我再次夢見
就像又被黑夜吞噬了一次
顫抖的聲音、那時的面孔
想起來都可怕得想躲藏

我沒有想過
曾想延長的幸福
如今有一天
會變得像懲罰般

或許曾經美好的心意
也終有一天會變得虛無
喜歡過的模樣　互相敞過心扉的人
希望你更加耀眼而幸福的那些心意
總是不知不覺消失無影蹤

誤以爲你是我的奇蹟

不曉得有沒有和你說過
那天在山上
看著滿天星星的時候
不小心落淚了

想起也曾與你一同
坐在公園的長椅上說笑
追究是誰先喜歡上對方
也曾與你
在日出之前
踩著彼此的影子在海邊漫步

當你牽起我之際
當你往我的額頭上一吻
當我們談起明天與將來
當你貫穿了我的一年四季
我誤以爲你就是我的奇蹟

只是愛如浮光掠影
你也不過是那些
陳腔濫調的故事裡頭中的某篇章節

所有我曾誤以爲的幸福
以爲牽手、擁抱、接吻甚至性愛
是幸福的結局

其實都只是讓美好故事變得不堪的開始罷了
其實都只是讓緣分變得更加悲傷的理由罷了

直至最後 我們也 心有靈犀

那天一起走在熟悉的街角
我們不像以往牽著手遨遊
兩個人說些不著邊際的話
你知道這些都不是問題的核心

不停地繞路
原來只是不願意　一起走回家
問你爲什麼不牽著我的手
你沉默卻緊緊地圈住了我

那不像是屬於我的擁抱

那一刻
我們不自覺地落淚
才明白已經有什麼
被永遠改變了質地

你準備好了嗎
我們要失去彼此了
最後的那些眼淚
都葬送在你身上了

你還害怕嗎
我忽然不害怕了

原來是
不愛了

輯六

如夢的光景

退潮以後
我從夢鄉中醒來
海風將潮濕的記憶
送至岸邊
將愛過的人
還給大海

朝花夕拾

Precious Memories

只願在那些彼此在或不在的日子裡，不再並肩同行的路途上，還能肆意地笑，宛若當年遇見彼此那般熠熠生輝，我們雙眼明媚的模樣。

同行

和喜歡的人一起
去一些從未想過的遠方
我們攀岩、戲水、走馬看花
彷彿從那些事物裡
見到了彼此的光

朝花夕拾

很多事情不都是那樣嗎？說會永恆不變卻不知不覺地改變，許下承諾與誓言卻在一夕之間煙消雲散，但妳們不是，妳們也不會。

十五歲的我們青澀無比，我們相談甚歡、並肩而行，眼神裡有著全是與對方相似的模樣，記得那時我們頑固又倔強，我們向彼此分享過無數個小秘密和夢想，我們總是一起過節，中秋就一同烤肉，平安夜就在草地野餐，年末就拿著蔓越梅假借紅酒，好像所有事情都是那樣開始的。

我們總以爲青春很長，長到有大把的時光能夠揮霍，只是到後來才發現，某些人和某些場景，在某個不經意就不存在於自己的生活了。畢業那年我們各奔東西，南北部、離島國外，還沒來得及適應彼此的離散會是多麼難熬的事就分開了，但還好我們總會在彼此失落時想起對方，打通電話，甚至在夜半跑到對方家樓下都是常見的事，也還好我們都是感性的人，總會在特別的日子裡給彼此送上祝福。

我們已經好久沒有一起過節了。但我其實不介意喔。因爲知道彼此在屬於自己的日常中安然地度過，就是一件很棒的事了。記得以前總是聽說：「高中是最寶貴的一段歷程。」但這樣說不完全正確，因爲從來不是時光賦予妳們（儘管我們也眞的做盡了所有女學生的幼稚行爲，比如一同去上廁所、買學餐、躲教官、化妝、回家、旅行和過夜。）是因爲妳們才讓高中的時光絕無僅有。

即使現在只能久違地見面、更新一次近況，但每次分開以後的路途上，內心的歡喜總是掩藏不住地寫在臉上，在一起超過一半的時間都是大笑帶過的，後來發現我們就是如此，從不需要刻意過問也能明白彼此的心意，不在彼此身邊的日子也總是默默地爲對方加油打氣。

記得高三那年，我們穿著禮服在柏油路上奔跑，明明是要奔向各自的明天，卻能攜手前進，毫不孤獨。也記得某一晚，明明已經說好到了回家時間，我們卻怎麼也沒能結束那場談話，漫長的夜裡，談著那些瑣碎的的同時才恍然生活終將潮濕而厚重，過去曾以爲多麼微不足道的日子突然顯得彌足珍貴。

高中的時光也好，現在所經歷的也是，我該有多感激妳們的陪伴，都是因爲到了現下才明白，人與人之間要相互理解和傾聽其實有多麼地不易，而我如此幸運，每每當我說出前話，妳們已經能猜得到後話，一如往昔。

從前將蔓越梅假借紅酒的我們，如今眞能夠一起坐在居酒屋、酒吧一同小酌了。十五歲的樣貌至今仍記憶猶新，謝謝妳們在我的青春回憶裡增添了不少絢爛，更由衷感謝二十代的我們仍陪伴在彼此左右，希望我們能一直像現在一樣，駐留在彼此的心裡面，因爲妳們就是那個能讓我開懷大笑的原因。

——謹獻給小安、小恬以及牛，若眞有那麼一瞬，人在某刻遇見了永恆，我一直相信，是我們一起建構了那天的到來。

倘若有一天

If One Day

前幾天重新看了一次《真愛挑日子》（One day, 2011），還記得初中畢業時看過一回，只是對當時的我而言，裡頭涵蓋了太多我無法理解的情節。

到了現下才明白，一個人對愛的理解應是蜿蜒的：繞了一圈才發現最適合彼此的人一直在身邊、無數次的錯過和等待，甚至是我花了七年的時間才看懂這部電影，全是源自於對愛的後知後覺。

這幾年反覆練習愛人和被愛，我仍不知道過去那些時光我是否完善了愛的標準，可是愛又要如何衡量正確？唯一能確定的是，當下都曾盡力想延長那些如夢似幻的瞬間。

外界的因素也可能拆散了誰與誰的聯繫或愛意，時機也好、距離也好，死亡也不過是其中一種可能罷了。

如同 Emma 初次見到 Dexter 時曾說：「Whatever happens tomorrow, we had today. And I'll always remember it.」

倘若相聚終有一天要分離，倘若生命終有一天要逝去，只要記得彼此曾擁有過今天，就像擁有可能的未來一樣浩大，在長長的歲月裡共同變老，就不怕會有那麼一天被狡猾的時光沖刷了對彼此的羈絆吧。

名爲愛的房間

The Room Without you

我被囚禁在名爲愛的房間裡。只有我知道，那男孩與我，曾在那間房裡，說著沒有人聽過的故事，愛著彼此。

「你看過《後來的我們》嗎？我很喜歡那部電影。」

「沒有，但我看過我們，我和妳。」

社交對我來說，是一件麻煩又繁瑣的事。遇見新的人重新闡述自己的時候，也總是藏匿著一部分不想被找到、不想被發現的自己，有人敲門的時候，我也只是往外看了一眼，卻不打算將門打開。

後來遇見一個男孩，總是在我的房門外靜靜地陪著我，陪我說話、逗我開心，不停地敲門，他說他進來了就不會走了，我說我仍怕他離我而去。

今天是那個男孩的生日。

他已經離開了我的房間，卻在我的空間裡殘留著一些愛過的痕跡。他送我的鑰匙圈，因爲太喜歡了，怕弄壞它，我一次也沒有扣上房門的鑰匙。聽說香味能比聲音更容易牢記在心底，我已經想不起他的聲音了，房裡卻還留著他身上散發出的淡香水味，彷彿他還在，卻又不再。

若有人問起，我會說，已經記不起他的姓名，卻還是把他喜歡的事物放在心上。後來遇見的每隻貓都有他的影子，日落見到夕陽，也會想起他曾說過，我比夕陽還要美。一直沒能告訴他，他也比那些我曾看過的月亮還要耀眼。（即使是夜晚，也閃閃發光。）

最後一次我們談愛，是在那小小的房間裡。

「你還喜歡我嗎？」
「還是喜歡的吧。」
「嗯。」
「對不起。」

隨著記憶斑駁，那天晚上他還說了什麼，我已經想不太起來了，我哭得很傷心，他也只是抱了抱我。後來我能回憶的事越來越少，只記得他不喜歡吃番茄、不愛沙拉，最後也不愛我。

不再有他的日常裡，偶而我會做上一個美夢，夢裡他很愛我。

你聽過那種傳說嗎？當你和某個人擁著同把門鎖鑰匙，同進同出，生活、習慣和愛攪和在一起的時候，你們彼此便有一部分會被徹底地交換，從今以後，不論是否離散，你的某一部分是完全地屬於他的，他的某一部分也只有你才能走進去。

所以哪怕最後沒能留下來一起生活，我也感謝他曾打開我房間的門，曾在數個夜晚安慰過那個軟弱而破碎的我，曾見過這裡的滿目瘡痍卻未曾想過離開，始終感謝他曾來過、曾想一起生活過、曾一同做著相同的夢。

其實關於他的故事，能說的已經所剩無幾了。而若我還能再留下最後一段印記，我想偷偷地說：「生日快樂，知道你沒有我的祝福也會快樂，但沒關係，我還是想祝福你。還有謝謝你，曾在我的房門外敲了又敲，然後在我的生命裡畫上屬於你的記號。

嘿，假如你房裡的燈還亮著，請你放心，我不會敲，只靜靜地等你。」

海的回聲

The Echo of The Sea

四年的大學生活，如同一場未知的航行。我和她共乘一艘船，即便打從一開始，我們的方向就迥然不同。

某晚，夜幕低垂，時隔幾千里外的記憶打上岸邊，我小聲地談起那些往事，還尚未落淚，她卻已經淚流成河。其實我明白的，那是與她無關的悲傷，只是見她抱著我啜泣，宛若能與我的艱難感同身受，第一次感覺自己無需建起保護域，因爲見到了灰暗的我，她只是抱著，什麼也沒有說。

擁著彼此停滯了一段時間後，我說，每當回想起過去的人，我都會想起山本耀司曾說過：「『自己』這個東西是看不見的，撞上一些別的什麼，反彈回來，才會了解『自己』，所以，跟很強的東西、可怕的東西、水準很高的東西相碰撞，然後才知道『自己』是什麼。這才是自我。」

「每一次相遇，我都會更了解自己一些。某方面來說，我覺得我從過去的愛人裡見到了嶄新的自己。」我繼續說。

她說她想到了回聲波。

「就像在一個空間裡，相互靠近，傳話給對方，丟了什麼出去，聲音就會以此回報嗎？」她點點頭。

「欸，我有靈感！先別和我說話。」正因爲彼此是如此親密的關係，我連突然中斷話題都不感覺無禮，還沒等她回應，我已經提起身子，跑到房裡開始打這段稿子。

我和她其實是非常不一樣的人，甚至曾相互坦誠，若不是作爲室友認識，我們估計不會成爲好友，當然也不會是如此無話不談的關係。她說自己是個沒有夢想、沒有嚮往的地方，只想安安穩穩度日的人。

一次她曾問我，「我都大四了，妳覺得我還能繼續跳舞嗎？」

「爲什麼不行？」

「感覺很不務正業。大家都在努力，就我好像還在玩。」

「可是做自己喜歡的事，是在玩嗎？」

「但我不是那種能把興趣作爲職業的人，我好像應該要想想自己的未來。可是現在，我還不知道自己喜歡什麼、能夠做什麼。」

「我一直覺得，當一個人喜歡一件事，努力想把它做好的時候，是最美麗的。我不會跳舞、不懂舞蹈，但仍覺得妳跳舞的樣子很美。」

後來她即便忙著實習和打工，也每天跳到清晨才回到家。她說她仍然不知道自己往後會做什麼工作、成爲什麼樣的人，但我深深相信，不論如何，她都會繼續跳下去的。

在她身上，我才慢慢發覺，從來沒有什麼是正確的選擇，其實沒有夢想、沒有嚮往的地方又怎麼樣呢？即使當下不了解自己想要什麼、喜歡什麼，只要好好地生活、誠懇地過日子，就是對當下最好的答覆了。

回想起大一，我們時常在夜裡走好幾圈的操場。我總和她說許多自己的計畫和夢想，在我迷途時，她總會告訴我，那些我曾和她談論過的理想，還有提起書寫時發亮的雙眸。

四年的時間，我也曾感覺自己晃蕩在無人問津的海浪，不知如何控制船舵，才能眞正抵達彼岸，誠心地許願，仍無法實現愛的可能，就像朝大海丟出的每個眞心，也總換不得迴響。

只是現在才明白，那不過是傳遞情感、語言甚或心願的時差罷了，總有一天，一定有那麼一天，大海會以我們未曾想過的方式投以我們答案。

我收到出版合約的那天，她哭著對我說：「我覺得妳眞的好棒喔，妳眞的長大好多好多。我就說妳一定沒問題的。」

那一刻，我忽然感覺能成爲室友的我們很幸運。正因爲我們不一樣，她才能中和我所有太過於高亢的歌聲，而我偶而也能在她的生活裡增添一些，她不曾想過能吟唱的曲調。

——

假若航行終將迎來結束的那天，我想我會願意，在多年以後，提醒那時，在舞蹈的世界裡找到自己的她，就像在大學裡找到更多自我的我們一樣，無論手裡是否握有地圖、無論哪裡才是屬於自己的目的地，都不放棄去尋找更多的可能性。

我們很快就要上岸，或許往後再沒有機會共乘同一艘船，但流蕩於大學海的四年，我們曾發過無數音節、見過萬化變千的音色，偶而也能唱起和聲，共同譜出一首歌。隔了一段時間後收到的聲波，正是成長的回音。我們以此聽見自己和對方的相異，而每一次波動的振幅便是一次新的覺察——我們是如何成爲我們。

有一天我們會離對方很遠很遠，我們會再次揚起帆船，漂流於各自的海域。但不要忘記，那片我們一起擁有過的大海會將我們緊緊相連在一起，予以我們最美的回聲。

呢喃

十指緊扣
一起走回家
我想把五分鐘的路程
走成五十分鐘

街燈下
相擁著親吻
我想讓時間就此停駐
你雙眸裡有我

靠近我耳邊　你低語呢喃
「我愛妳」
你有聽見嗎我心跳的聲音
「撲通撲通」（我也愛你）

——記於二〇一九年十一月十七日，獻給B。

像今天一樣的午後

什麼也沒有的那年夏天
能與你一起
手牽著手奔跑
乘上公車
分享一半的耳機

什麼也沒做的那個午後
能與你一起
乘著陽光
挽著彼此的手
就彷彿擁有未來的那瞬

夕陽餘暉照映著你的臉龐
時光宛如慢了下來
停留在你望向夕陽而我望向你的那瞬
我的心底再沒有了遺憾

我知道明天就會分離
但即使如此
也要和你一起虛度光陰
就像今天一樣

夢裡見，我的寶貝

I Will See You in My Dream

你來到我的夢裡，笑著說你過得很好，我張開雙手想擁抱你，你卻消失於我的眼前。

醒來以後，想寫一封很長的信給你，只是一想到這是一封沒有目的地的信，寫沒幾個字便開始潰堤。我知道假如你在，你一定會擦拭我眼角的淚，抱著我說：「愛哭鬼。」你知不知道，縱使我明白愛是如此虛無縹緲，縱使我明白從來沒有眞正的永遠，可是我仍舊覺得，某些時刻的降臨便是一次永恆的發生。

比如，和你一起放煙花的夜晚；比如，你說會永遠愛我的時候；比如，當你遠走，淚水蔓延至我的全身，水氣如同霧一般無法散去，朦朧之中，我感覺還能再見到你。

老一輩的人總說，當兩個人眞心相愛的時候，你們會變得相像。從言行舉止，從笑眼眉間，甚至是說話的方式、愛人的樣子。我們經常戲稱我們是對龍鳳胎，我愛你的眼睛，因爲裡面總是有我；我愛你的悲傷，因爲只有我能夠讀懂，至少當時我是那麼認爲的。

我不愛運動，但因爲你熱愛郊外，我們一起爬了很多座山；你總是讀不懂我看的書，卻總是要我朗讀詩給你聽，你說那樣子的我最漂亮；你愛貓，我愛狗，你說假如我們以後住在一起，要養一貓一狗，我笑臉盈盈地說好。

我不快樂的時候，你會寫信給我，雖然我常說你的字龍飛鳳舞，難讀至極，但每一封信，我都按照日期好好地收著；過去曾有段時間，你總需要吃藥才能入眠，但你說以後有我就不會了，因爲我就是你的解藥；我們最愛叫對方小寶貝，粘膩吧，我就愛和你這樣黏膩；我最喜歡縮在你的懷中，戳你的梨渦，問你全世界最喜歡的是不是我？你總是不回答，然後吻我。

有天晚上你打了通電話給我，說會永遠愛我。我彆扭地說，是嗎？但我不愛你，頂多是有點喜歡而已。你笑了笑，說沒關係，你愛我就好。

我不知道那是我們的最後一通電話。

你離開以後，我變得很喜歡吃排骨，別人問起我的興趣，我不說是閱讀了，我說喜歡爬山，你喜歡的歌還在我的歌單裡，可我卻不敢聽了；我無法再叫別人寶貝了，我的寶貝只有你；我再也不三分鐘熱度了，我後來眞的很努力，我好怕我們擁有的記憶太少，有一天仍會被現實沖刷，直至眞的忘卻你。所以每一天，我都要想起你，想起你的嗜好、想起你的笑顏、想起你的愛，很久以後我才明白，不知不覺間，我把自己活成了你。

後來才知道，那是對我最大的懲罰。因爲當我變得像你，我便再也逃不開你的影子。你不在這裡了，我卻把生活過成了你的樣子，獨自活了下來。

有好多時候，我希望一切都是夢，如果都是夢，也許就不會那麼痛了。我太駑鈍了，始終不曉得要怎麼把你留下來，我也太自私了，也埋怨、生氣過，像是不明白你爲什麼不道而別，像是懷疑你說愛我的那份重量。

你曾經問過我，認爲死亡是怎麼樣的？

「是無止盡的失眠卻永遠的沉睡。」我說。

在你沉沉地睡著以後，我曾怪罪你的不辭而別，曾覺得你棄我於不顧，對不起我總是太過於任性，對不起那些時候沒能更理解你，有些話一直沒能向你開口，不知道你還聽不聽得見。

我的小寶貝，今天是十二月十七日，我又來看你了。他們說你是冬日出生的孩子，總是冷冰冰的。才不是這樣。我見過好多好多你笑的樣子，我最喜歡你笑了。

你眞壞，明明說好要一起變老，我都邁入二字頭了，開始擦一些除皺的保養品，你卻依然完好，停留在永遠的十八歲，永遠都會是那個一笑起來就會將整個冬日都融化的小男孩。

不過沒關係，我永遠想念十八歲的你，像十八歲的你總說會永遠愛我一樣。數算起過去，慶幸這樣的日子曾有過笑容和眼淚，那些愛意未曾消失且永恆不變，卻已經像是上輩子的事情。我想你一定早就明白了，率先離開的人會成爲我們的永遠，從今以後你說過的話都只能是遺言了。某種程度上，我覺得你比誰都懂愛，也比誰都還要殘忍。

但假如有人問我，有沒有後悔的事，我想，是我從來不曾向你說過我愛你。我不只是有點喜歡你而已。我總是憋扭地不敢說出口，現在說還來得及嗎？我的寶貝，如果我的影子會說話，它會說，我愛你。我的寶貝，假如有些話一定要說出口你才能明白的話，我想說我愛你，即使你做了最壞的決定，我也愛你。

這麼多年過去了。我常常想起那天晚上你對我說的話，你總是很溫暖，像冬日的暖陽。如今我的世界，只剩大雪紛飛了。

原本想那樣說的，可是怕你擔心我，我想說，我會爲你好好活著。我還是會吃你愛的排骨，還是會去爬你喜歡的山，還是會聽那些我們一起聽過的歌，還是會偶爾、偶爾重讀一遍你寫給我的信，還是會在每年的今天，祝你生日快樂。

夢裡見，我的寶貝。

「我很想你，希望明晚還能見到你。」我會抱著你那樣說。

親愛的十七歲

I Will Always Miss You

又回到那片海灘了。常常一個人去看海，這次是兩個人一起去，二十二歲的我和十七歲的我。

「對不起，我又讓妳受傷了。」我說。

「我眞的搞不懂妳。」妳生氣地說。

「我很多時候，也沒有辦法理解妳。」

「如果過去很痛苦，忘記不行嗎？」妳說。

「事情沒有那麼容易的。如果那麼容易的話，我就不會一直待在原地了。」

「那妳學學我啊！」

其實我明白的，我愛我的十七歲，懷念十七歲時擁有的一切，但是不可能再像十七歲那樣生活。我做不到，或者，我沒能那麼做的原因，是因爲現在的自己，擁有了更多無法失去的事物。我回不去，是因爲我不願意了。

「妳要和我一起走嗎？」我說。

「妳會忘記我嗎？」妳反問道。

「不會，永遠都不會。我是由妳組成的。」

「那把我留在這片海灘吧，比起和妳走，我更想留在這裡。」

「以後難過的話，就來這裡看海，海水如果不小心濺到妳身上了，就當作那是我爲妳流的眼淚。」妳繼續說。

「謝謝妳，不怪妳了，應該向妳說這句話才對。」眼淚潸然而下的時候，我要把這些當作我們和解的儀式——沒關係喔，很快就會好起來的。

「走吧。別惦記我了，偶而回頭看我就好。」妳回答道。

親愛的十七歲：

今天和妳一起看海，我們和好了。妳會很遺憾自己被我丟下來了嗎？

在我還是妳的時候，寫了很多封信給未來，總是寫給五年後、十年後的妳。現在想來，比妳年長的我，卻未曾回過信，也不曾寫一封信寄給過去的妳。這是第一次，雖然有些生疏，但希望妳能理解我。

妳知道我從來不覺得自己對不起誰，因為沒有一次不是全心全意，沒有一次不是竭盡全力，只是今天才曉得，原來我一直很對不起妳。

我一直沒有好好照顧妳。這幾年我不斷地耗竭妳的身體，責怪妳不夠完美；不斷地透支妳的愛，還怪罪妳的愛太貧乏。好長一段時間，我把哭泣的妳視而不見，誤以為那才是全心全意追求自己所愛的方式，總是忽略妳的感受，總是把那些愛視為理所應當。

對不起，妳可以原諒我嗎？

常常覺得妳比我還要勇敢，才明白很多事並不像紋路會隨著年齡增長，勇氣、愛這種東西似乎是會隨著時間銳減的。十七歲的妳，有時灼熱地會燙傷人，話語裡總是尖銳又帶刺，常常不明白，為什麼妳總是壞脾氣又趾高氣揚，後來才發現，那是因為，妳是備受祝福長大的孩子，妳遇見太多太好的人，二十二歲的我沒能留住的，妳好像全部都擁有。

雖然妳不曾說過要改變世界，但妳總是那樣，無畏他人眼光地相信自己，相信這世界上只會有好事發生。現在我不說自己是個善類了，不是說自己不再善良，只是善良裡頭，是包含很多的。世界不是非黑即白的，很多時候這世界上充滿著灰色地帶，那是年幼的妳不能明白的。不知道我這麼說，妳會不會又要生氣了。

可妳知道嗎？有時候我好羨慕十七歲的妳。因為我再也回不到那片純淨的海灘，也再也遇不見那些愛人了。但有件事，我能和妳保證喔。妳以前常常說，最喜歡寫作，我還在堅持著喔。以後也會。明白未來的路還是不會太簡單的，妳也會和我一起看這世界的對吧？即使我不再那樣勇敢無懼了，甚至有時我感覺自己變得太過於圓融，有點懷念過去總是說「不」的妳。（笑）

可是我不能再緊抓著過去不放了。我應當往前走，謝謝妳的倔強、任性和固執，這幾年當我被時光和生活一磨再磨的時候，經常想起妳的聲音。我想念妳瀟脫說沒事的樣子，也羨慕妳生氣就說生氣，難過就說難過，那樣誠實而驕傲的資格。

但即使和妳道別，也不代表著真正的離別。這個妳明白的吧？我還是會很慶幸十七歲的妳，是那樣子的。雖然和現在的我有些不同，但會像影子一樣活在我的心中。哪怕以後，我們的影子會被時光拖得越來越長，離彼此越來越遙遠、越來越不相像，可只要我見到那片海灘、見到我們最喜歡去的公園、見到月亮，我都會想到妳。

想到妳曾義無反顧地愛人，不顧身上的稜角也會弄傷人，想念那虛張聲勢、愛得高昂，總是不服輸的妳。

再見，我的十七歲，謝謝妳陪伴了我這麼長的時間。雖然我始終不明白，和過去的自己道別是成長還是世故。可是二十二歲的我，並不討厭這樣的自己噢。

還有呀，我會永遠懷念那些瞬間、永遠想念妳所懷擁的一切。

二十二歲的妳　二〇二〇年九月十六日

一不小心，就抵達了永遠

Epilogue

鍾愛寫作，超過十年，如今終於迎來第一個出版物。能走到這裡，對我來說十分不易，一路上我要感謝的實在太多。

謝謝我的家人，在我決心要寫作的日子裡，只擔心我的身體是否健康。謝謝小安、小恬還有牛，謝謝妳們無條件地支持著我。謝謝我的室友，陪伴我度過一個又一個難熬的夜晚。

最後，謝謝我的編輯，謝謝妳看見了我，我知道這條路還很漫長，但謝謝妳的信任以及時報出版團隊的每個人，才讓我的夢有發光的可能。

籌備這本書時，我正經歷人生最不確定且最忙碌的時期，一邊實習、一邊打工、一邊準備申請研究所，那時生活上一點細小的事都足以讓我在房裡哭一整個晚上。很多時候，我難以在學業和工作之間取得平衡，談起夢想，我更是力所不能及。

書寫的過程，是極其痛苦的。有時我不明白爲什麼我所談論的愛，全都會以不同形式消失，也不曉得，哪裡才是自己的盡頭和終點，卻還是執意坐在書桌前不停敲打，敲打文字和自己的心，幾乎每一晚，我都想說服自己：「不如承認自己的平凡吧。」放棄了，胸口就不會痛了、放棄了，就不會總是在夜半哭泣，也不會再痛苦了。

只是即便如此，當我想著就此不寫的時候，潛意識總是在追逐著它們，令我輾轉。寫下這本書，我感覺自己像是睡了很長、很長一段時間，過程的跌宕，也曾讓我以爲這不過是一場醒不來的夢魘。但此時此刻，我想文學和愛是我做過最美的夢、是我願意窮盡一生去追求的夢。

於我而言，夢是連結愛意的載體。我曾住進他人的夢裡，也曾邀請他人和我一同夢遊，在不同張床上，我們交換愛、交換語言、交換秘密，也交換了夢境。

在夢醒以後，我不只一次問自己，這些字在那些人的眼中，還具有意義嗎？也許有些不合時宜了吧。但晃蕩的二〇二〇年，我再次深刻地感覺生命是很有限的，因此寫到了這裡，至少在轟轟烈烈以後，還有刻板庸俗的文字值得去紀念，它們將在我們不知道的黑夜裡，發著永恆絢爛的光。

我以「今天，你徜徉在誰的光景裡呢？」作爲這場夢境的開頭。在書本末頁，我想和各位說，如果那個人還在你的身邊，請一定要眞心地擁抱他，假如那個人已經遠走，也請你不要擔心，或許相愛在時間的長河裡會逐漸變得荒涼，但只要曾在彼此身上留下印記，不忘比相愛更恆長。

無論如何，我都希望讀者的心中能有一個不曾被抹滅、且永遠不會崩壞的地方。就像那些我所深信的事物、和我所愛的人們，都被保留在了這裡，光是想到他們的存在，就足以溫暖我們的餘生。

過往的生命，我曾不聽信永恆、厭倦承諾、懼怕於擁有的一切都是夢境和幻象，只是對現在的我而言，已經敢談愛，也願意相信曾有過的愛意不會消散，而是以另一種形式駐留於我們心中。

因此即便從美夢醒過來也用不著擔憂，因爲一旦我們抵達了永遠，沉睡和甦醒便是同一件事。

——記於二〇二〇年十一月二十六日

只願在有你的光景裡慢慢老去

作　　者／愛莉兒小姐
主　　編／林巧涵
責任企劃／謝儀方
美術設計／白馥萌
內頁排版／唯翔工作室

第五編輯部總監／梁芳春
董事長／趙政岷
出版者／時報文化出版企業股份有限公司
108019台北市和平西路三段240號7樓
發行專線／（02）2306-6842
讀者服務專線／0800-231-705、（02）2304-7103
讀者服務傳真／（02）2304-6858
郵撥／1934-4724時報文化出版公司
信箱／10899 臺北華江橋郵局第99信箱
時報悅讀網／www.readingtimes.com.tw
電子郵件信箱／books@readingtimes.com.tw
法律顧問／理律法律事務所　陳長文律師、李念祖律師
印　　刷／勁達印刷有限公司
初版一刷／2021年1月22日
定　　價／新台幣360元

ISBN 978-957-13-8528-0 | Printed in Taiwan |

時報文化出版公司成立於一九七五年，並於一九九九年股票上櫃公開發行，
於二〇〇八年脫離中時集團非屬旺中，以「尊重智慧與創意的文化事業」為信念。

只願在有你的光景裡慢慢老去/愛莉兒小姐作. -- 初版. -- 臺北市：
時報文化出版企業股份有限公司, 2021.01
ISBN 978-957-13-8528-0(平裝) 863.55 109021546

一期一會

相遇的時候，我們所擁有的記憶、擁抱、一起看過的星星和月亮，
只有我們能讀懂的語言都會成爲我的一部分。

時報出版

竟開始想起你了

「你知道人什麼時候會開始懷念過去嗎？」
「什麼時候？」
「覺得現在不如過去的時候。」

時報出版

信箱
70之4号

租約期滿

即使前方不再有彼此，但有些人只要陪我們走過一小段路，
哪怕不撒下麵包屑去刻意記得，也好像能沿著愛的軌跡走回來。

請把我寄到遠方

儘管我只是過渡
只是偶爾被需要
也請讓我悄無聲息地安放在你心中
很久
很久

親愛的十七歲

我想念妳灑脫說沒事的樣子，
也羨慕妳生氣就說生氣，難過就說難過，那樣誠實而驕傲的資格。

時報出版

魔法少年

我一生庸俗，卻想保護你的光芒萬丈。

時報出版